MARLENE FARO | Alte Schachteln

Zum Buch

Nach etlichen Jahren trifft Johanna ihre Jugendliebe Jakob wieder. Dass er damals die politische Stimmung fir seinen persönlichen Aufstieg benutzt hat, durchschaut sie erst viel zu spät. Alma wiederum, eine Achtundsechzigerin, verfolgt den Irakkrieg via CNN im angesagtesten Fitnessclub der Stadt. Ihre Gedanken kreisen um Demokratiebewusstsein und die Außenpolitik der USA, Beziehungen und die Modetrends der kommenden Saison.

Die Frauen in Marlene Faros Erzählungen sind in ihren sogenannten »besten Jahren« angekommen und blicken zurück auf ihre Kindheit, auf das Stillschweigen und die Sprachlosigkeit zwischen den Generationen und den Aufbruch, der nur allzu oft in einer schicken Karriere versandet ist. Was ist geblieben von den Träumen aus rebellischen Jugendtagen, was lässt der Alltag noch an Illusionen zu, jenseits der vierzig? Reiche Erinnerungsschätze stehen verpassten Chancen und verstrichenen Gelegenheiten gegenüber, und über allem schwebt die Frage, was denn ein gelungenes Leben ausmacht.

Zur Autorin

Marlene Faro, geboren 1954, promovierte Historikerin, lebt als Autorin in Wien. Ihr Roman »Frauen, die Prosecco trinken« war ein riesiger Bestseller, der auch fürs Fernsehen verfilmt wurde.

Lieferbare Titel

»Die Vogelkundlerin« (978-3-442-35355-2)

MARLENE FARO

Alte Schachteln

Erzählungen

Verlagsgruppe Random House FSC-DEU-0100
Das für dieses Buch verwendete
FSC-zertifizierte Papier *Holmen Book Cream*
liefert Holmen Paper, Hallstavik, Schweden.

Taschenbucherstausgabe 04/2009
Copyright 2006 Picus Verlag Ges. m. b. H., Wien
Copyright © dieser Ausgabe 2009 by Diana Verlag, München,
in der Verlagsgruppe Random House GmbH
Umschlagmotiv: © Picus Verlag / Dorothea Löcker
unter Verwendung eines Bildes von mauritius images / Nonstock
Umschlaggestaltung: Hauptmann & Kompanie
Werbeagentur, München Zürich, Teresa Mutzenbach
Herstellung: Helga Schörnig
Satz: C. Schaber Datentechnik, Wels
Druck und Bindung: GGP Media GmbH, Pößneck
Printed in Germany 2009

978-3-453-35248-3

http://www.diana-verlag.de

Für Eva, beste Freundin

Inhalt

9 Raglan

37 Schickse

83 Eisprung

101 Alte Schachteln

187 Final Cut

Raglan

Meine Urgroßmutter verblutete auf einem Leiterwagen, am Rand eines Feldes irgendwo bei Znaim, während der Geburt ihres zwölften Kindes. Die Stadt Znaim, die zu Beginn des vorigen Jahrhunderts zur österreichisch-ungarischen Donaumonarchie gehörte, heißt heute Znojmo und liegt in Tschechien, wo die Wiener Proleten wie verrückt hinfahren, um billiges Mehl und billigen Zucker zu hamstern, gerade so, als ob noch immer oder schon wieder Krieg wäre.

Das ist alles, was ich über meine Urgroßmutter weiß, ihr Ende in einer roten Lache, ja es ist nicht einmal überliefert, ob das Kind überlebt hat, das seine Mutter das Leben gekostet hat. Wir sind keine Familie mit Ahnenporträts in Öl an der Wand, und diesen neuen Trend, sich mit Hilfe von Internetsuchmaschinen einen Stammbaum zuzulegen, also den finde ich einfach nur peinlich.

Jedenfalls ist die älteste Tochter meiner Urgroßmutter, meine Großmutter also, mit sechzehn Jahren nach Wien in Dienst gekommen. So hat man das genannt, damals, als die jungen Frauen aus den k. u. k. Kronländern, aus Galizien und der Bukowina und Böhmen und Mähren in die funkelnde Reichshauptstadt mit ihren Ringstraßenpalais gekommen sind, um sich hier bei einer Gnädigen in einem großbürgerlichen oder gar hochherrschaftlichen Haushalt zu verdingen. Meine Großmutter ist bloßfüßig, also barfuß nach Wien gekommen, das ist eines der wenigen Details aus ihrem frühen Leben, von dem ich weiß, und an der Hand hat sie ihre zwei Jahre jüngere Schwester, die Sophie, geführt. Wenn man ein vierzehnjähriges Dienstmädel in spe war, dann ist der Name Sophie natürlich kurz ausgesprochen worden, nicht mit so einem lang gedehnten »iiii«, wie das heutzutage in den Montessori-Kindergärten schick ist.

Die Tante Sophie, die damals noch nicht meine Tante war, logo, hat ebenfalls keine Schuhe besessen. Sie hat dann sehr bald eine Stelle in Innsbruck gefunden und geheiratet, einen, der nicht gut zu ihr war, getrunken und sie geschlagen hat. Genaues weiß man nicht, die Schwestern haben nur wenig Kontakt gehalten, Plaudereien am Telefon sind für beide jenseits aller finanziellen Möglichkeiten gewesen, und die Tante Sophie hat sich ihr Leben lang mit dem Lesen und Schreiben schwergetan. Jedenfalls hat das viele Jahre später ihre einzige Tochter beim Begräbnis erzählt, die Tochter hat sich verständlicherweise ziemlich geniert für diesen Umstand.

Meine Großmutter, also die große Schwester von der Tante Sophie, hat das Lesen über alles geliebt. Mit Hilfe von Kreuzworträtseln und Groschenromanen hat sie sich beharrlich die deutsche Sprache beigebracht, niemals habe ich auch nur ein einziges Wort Tschechisch aus ihrem Mund gehört, nicht einmal in den Wochen, als es mit ihr zu Ende ging, wo doch angeblich wieder die Kindheit über einen kommt, aber meine Großmutter wollte nirgendwo anders sein als in Wien, hier und jetzt.

Jedenfalls, wie sie damals als sechzehnjähriges Mädel in die Stadt gekommen ist, hat sie ein Riesenglück gehabt und gleich eine Stellung als Bedienerin, also als Putzfrau, im k. u. k. Kriegsministerium am Stubenring gefunden. Knapp fünfzig Jahre später ist das Riesenreich Österreich-Ungarn ja zu einem schnitzelähnlich geformten Kleinstaat geschrumpft und Kriegsministerium gibt es selbstverständlich keines mehr. Dafür sind heute im Regierungsgebäude am Stubenring so friedlich klingende Ämter wie das Ministerium für soziale Sicherheit und Konsumentenschutz, das Ministerium für Wirtschaft und Arbeit und das Ministerium für Land- und Forstwirtschaft, Umwelt- und Wasserwirtschaft untergebracht. Gleich anschließend an den riesenhaften Gebäudekomplex befinden sich die Universität und das Museum für Angewandte Kunst, kurz MAK genannt, mit dem schicken Kaffeehaus samt seinen eleganten weiß lackierten Bugholzsesseln. Aber ich kann nicht über den Stubenring flanieren oder im MAK einen Caffè Latte trinken, ohne dass mir meine Großmutter einfällt und ihr schreckliches Erlebnis damals im k. u. k. Kriegsministerium.

Meine Großmutter hat nämlich, unter anderem, das Büro von einem hohen Beamten putzen müssen, der knapp vor Ausbruch des Zweiten Weltkriegs sogar noch Hofrat geworden ist. Böden schrubben und Fenster waschen und Vitrinen abstauben, das ganze Programm halt. Dabei war ihr schon seit Längerem eine Figur ins Auge gestochen, eine Tänzerin auf Zehenspitzen in einem zierlichen Röckchen, mit angewinkelten Armen, die sie in der Taille abgestützt hat. Diese Einleitung ihrer Erzählung habe ich als Kind immer besonders geliebt, meine kleine pyknische Großmutter (körperliche Merkmale, die sie mir leider vererbt hat) hat sich in ihrer Kittelschürze dann immer hingestellt und ein unsichtbares Röckchen geschürzt und so blasiert dreingeschaut, wie es ihr nur irgendwie möglich war.

»So musst du dir das vorstellen«, hat sie mich dazu eindringlich aufgefordert, und ich habe atemlos auf die schreckliche nächste Wendung der Geschichte gewartet. Denn die Tänzerin ist schon völlig verstaubt gewesen, offenbar ist sie seit Jahren nicht mehr richtig geputzt worden, und eines Tages hat meine Großmutter sie geschnappt und in einen Kübel voller Seifenlauge getaucht. Das ist der zierlichen Tänzerin gar nicht gut bekommen, sie hat sich aufzulösen begonnen, als ob sie aus Zuckerwatte gewesen wäre, das Röckchen ist zu einem Klumpen verschmolzen und die Tänzerin war nur mehr ein Gerippe. Kreidebleich und am ganzen Körper schlotternd hat meine Großmutter die ehemalige Tänzerin und nunmehrige moderne Skulptur ins Regal zurückgestellt und anschließend wochenlang darauf gewartet, verhaftet zu werden. Aber nichts ist passiert, der Herr Hofrat hat wohl schon genug mit dem heraufdämmernden Weltkrieg zu tun gehabt, Depeschen sind nur so durch die Luft geschwirrt, meine Großmutter und ihre Kolleginnen haben währenddessen die Parkettböden poliert, dass man sich darin spiegeln konnte.

Genau genommen ist diese Geschichte sogar die einzige, die meine Großmutter aus den Jahren erzählt hat, als sie noch keine alte Frau war. Das wenige, was ich sonst noch über sie weiß, das habe ich von der Frau Newerkla aufgeschnappt, einer ehemaligen Arbeitskollegin von ihr, die manchmal zu Besuch kam und dann bei Guglhupf mit Rosinen am Tisch saß und von früher redete, aber meiner Großmutter war das offensichtlich gar nicht recht, sie schien jedes Mal erleichtert, wenn die Kollegin endlich wieder aufbrach. Besonders gerne hat die Newerkla meine Großmutter mit ihrem Vornamen aufgezogen. Der war nämlich Anastasia, so wie die Zarentochter, die angeblich als Einzige das Massaker der Bolschewisten überlebt haben soll. Meine Großmutter hat diesen Vornamen immer als unpassenden Makel, ja geradezu als Schmach und Schande für ein Dienstmädel empfunden, sie wollte nie anders als Stella genannt und ja nie mit Anastasia angeredet werden. Aber ihre Enkelin, also ich, hat insgeheim so manches Mal über die Frau auf dem Leiterwagen nachgegrübelt, die ihrer Erstgeborenen so einen prächtigen Namen aufgebürdet hat, als ob der sie hätte schützen sollen vor einem Dutzend Schwangerschaften und all den Kümmernissen eines Lebens als arme Keuschlerin im Mähren der Habsburger. Jedenfalls hat meine Großmutter dann auch nur ein einziges Kind bekommen, meinen Vater, vielleicht ist der Name Anastasia ja doch so etwas wie ein heimlicher Segen für sie gewesen.

Alles andere, was ich über meine Großmutter weiß, habe ich selbst beobachtet. Die vier dünnwandigen Achtelgläser zum Beispiel, die in ihrer Küchenkredenz standen, und die ihren höchstpersönlichen Finanzplan darstellten. An jedem Monatsersten hat sie ihre Pension gewissenhaft auf die vier Achtelgläser aufgeteilt, zu gleichen Summen. Wenn dann durch ein unvorhergesehenes Ereignis der Wochenetat überzogen werden musste, borgte sich meine Großmutter aus dem nächsten Achtelglas, also praktisch bei sich selbst, das nötige Darlehen. Mit Hilfe dieser genialischen Vier-Achtelgläser-Methode hat sie niemals Schulden gemacht und konnte nach ihrem Tod meiner Schwester und mir die unfassbare Summe von je zwanzigtausend Schilling hinterlassen. Wie sie sich dieses Geld von ihrer winzig kleinen Rente abgespart hat, wird mir wohl ein lebenslanges Rätsel bleiben, denn die Haushaltsführung meiner Großmutter hat auf mich nie knausrig gewirkt. Bei ihr habe ich den ersten Bohnenkaffee trinken dürfen, sie hat die Wolle für unsere Kinderpullover und Westen stets im feinsten Fachgeschäft vom ganzen Bezirk gekauft und niemals an frischen Hirseähren für ihre Wellensittiche, die alle Maxi hießen, gespart.

Eines Tages ist an die vier Achtelgläser, von denen das erste schon leer war und im zweiten nur mehr ein paar Münzen gelegen sind, es muss also gegen die Monatsmitte hin gewesen sein, eine bunte Ansichtskarte gelehnt gestanden. Die Tower Bridge von London, im aufgeklappten Zustand, mir ist vor lauter Überraschung ebenfalls der Mund offen geblieben. Meine Großmutter hatte Post aus England bekommen, unfassbar. Swinging London ist damals für eine Wiener Gymnasiastin ein unerreichbares Ziel der Sehnsucht gewesen, es hat noch keine Last-Minute-Flüge und Wochenendarrangements gegeben, höchstens Sprachreisen, bei denen man in irgendeinem trostlosen Vorort bei einer noch trostloseren Familie einquartiert wurde und nur hoffen konnte, sich wenigstens für einen Nachmittag davonstehlen zu können, um all die magischen Orte mit eigenen Augen zu sehen: Piccadilly Circus und Portobello Road und die Carnaby Street, die Boutiquen mit den Miniröcken und den Maximänteln und den Stiefeln aus Schlangenleder mit Plateausohlen, und natürlich die Hippies mit ihren langen Haaren, die angeblich im Hyde Park mitten in der Wiese lagerten, na, das hätten wir hier in Wien einmal versuchen sollen im Volksgarten vor der Hofburg, da wäre aber sofort die Polizei gekommen mit Blaulicht.

»Du hast eine Ansichtskarte aus London bekommen?«, habe ich meine Großmutter gefragt, völlig fassungslos. »Von wem denn?«

»Von der Anni«, hat meine Großmutter geantwortet, in diesem Tonfall, der zu weiteren Fragen nicht gerade ermutigt.

»Von der Anni?«, habe ich geechot. »Von welcher Anni denn, du kennst jemand in London? Woher denn?«

Und ich habe meine kleine pyknische Großmutter misstrauisch angestarrt, da konnte es sich ja wohl nur um eine Verwechslung handeln. Eine gewisse Anni hatte meiner Großmutter aus London geschrieben, dem pochenden Herz der schicken neuen Welt, vielleicht sogar eine Tante von Mick Jagger, haha.

»Von früher«, hat meine Großmutter geantwortet, dann hat sie mit Töpfen und Häferln zu hantieren begonnen, und ich habe die Ansichtskarte von der Tower Bridge wieder gegen die zwei mittleren Achtelgläser gelehnt, irgendwie ist uns der Gesprächsfaden abhanden gekommen. Kurz darauf ist sie aufs Klo gegangen und ich habe noch einmal, allerdings mit schlechtem Gewissen, die Karte in die Hand genommen und umgedreht.

»Liebe Stella, hoffentlich geht es Dir gut. Viele Grüße von Deiner Anni und Familie«, ist darauf gestanden, in einer eher krakeligen Handschrift mit Tinte geschrieben. Dann hat die Spülung gerauscht und ich habe die Karte rasch wieder zurückgestellt, wie ertappt. Denn das Leben meiner Großmutter, die so wunderschöne Zopfmuster stricken konnte, ist mir immer wie ein geheimnisvoll brodelnder Kochtopf aus einem alten Märchen erschienen, von dem man besser nicht den Deckel abheben sollte. Statt von der Vergangenheit zu sprechen, haben wir lieber über dies und das geredet.

»Weißt du eigentlich, dass das Raglanmuster nach einem englischen Lord benannt ist, dem Lord Raglan?«, habe ich zum Beispiel gefragt, als meine Großmutter wieder einmal mit klappernden Stricknadeln über einem kunstvoll abgeschrägten Rückenteil gesessen ist. »Wirklich?«, hat sie geantwortet und ganz beeindruckt den Kopf geschüttelt, wenigstens ist es mir damals so vorgekommen. Heute denke ich mir, dass sie wohl eher belustigt geklungen hat über ihre siebengescheite Enkelin.

Dann bin ich in die Tanzstunde abgerauscht, das heißt, ich habe so getan als ob. Denn statt uns allwöchentlich beim »Elmayer«, Wiens erster Adresse für Linkswalzer, zu drehen, sind meine Schwester und ich nämlich lieber im verrauchten »Café Museum« gesessen, und am nächsten Tag haben wir vor unserer verdutzten Mutter selbstkreierte Schrittkombinationen zum Besten gegeben.

Später in diesem Jahr bin ich im Supermarkt der ehemaligen Arbeitskollegin meiner Großmutter begegnet, oder besser gesagt, ich bin in sie hineingefahren mit meinem Wagerl, in dem nur eine Riesentafel Milka mit ganzen Haselnüssen gelegen ist, zu dieser Zeit war ich auf einer ganz speziellen Diät, Milka und sonst gar nichts, die allerdings beklagenswert wenig Wirkung gezeigt hat. Die ehemalige

Arbeitskollegin meiner Großmutter, die Newerkla, wollte im ersten Schreck schon zu schimpfen beginnen, aber dann hat sie mich erkannt, trotz meines für Wiener Vorstadtverhältnisse ziemlich gewagten Augen-Make-ups à la Marianne Faithful.

»Ja, Lizzi, was machst denn du da, wie geht's denn der Stella, deiner Großmutter, mein ich natürlich, ihr machen ja bestimmt die Venen zu schaffen bei dieser Hitze, furchtbar, die Donau hat sogar einen historischen Tiefststand erreicht, das haben sie heute früh im Radio gesagt.«

So sind wir dagestanden und haben nett geplaudert, damals war man trotz Marianne-Faithful-Make-up noch unglaublich höflich zu älteren Leuten, aber immerhin hab ich schon keinen Knicks mehr gemacht. Ein Mann hat uns böse angeschaut, weil wir so ungeniert im Weg gestanden sind mit unseren Wagerln, wir haben also begonnen, uns zu verabschieden, da ist mir zum Glück noch die geheimnisvolle Ansichtskarte von der Tower Bridge eingefallen und ich bin damit herausgeplatzt: »Meine Großmutter hat vor ein paar Monaten eine Karte aus London bekommen, von einer Anni, glaub ich. Kennen Sie die eigentlich auch, Frau Newerkla?«

Ein bisschen unbehaglich war mir plötzlich zumute, dass ich hinter dem Rücken meiner Großmutter solche Fragen gestellt habe. Aber die Newerkla hat sich sogleich verschwörerisch über unsere Wagerln gebeugt und ihre Stimme gesenkt: »Also, das kann nur die Anni Weintraub sein, die lebt doch jetzt schon seit vielen Jahren drüben, seit dem Krieg, mein ich. Hat dir deine Großmutter nie von ihr erzählt?«

Ich habe vage mit dem Kopf gewackelt, die Newerkla hat zum Glück schon weitergesprudelt. »Das schaut ihr ähnlich, dass sie nie darüber geredet hat, deine Großmutter. Die hat doch viele Jahre für die Familie gearbeitet, nicht nur geputzt und gewaschen, weißt du, nein, auf die Mädeln hat sie aufgepasst, auf die Anni eben, das war die Jüngere, und auf die ... also, wie hat sie nur geheißen, die Ältere, na, das fällt mir schon noch ein ...«

Die Newerkla und ich haben uns nun doch langsam den Kassen genähert, zum Glück war kaum etwas los, die Kassierin hat das Grünzeug von der Newerkla und meine Milka mit ganzen Haselnüssen eingetippt und dazu mit einem Kaugummi geschnalzt, dann sind wir in der halb leeren Eingangshalle vom Supermarkt gestanden. Die Newerkla war noch immer ganz in ihr Grübeln versunken, aber dann hat sie erleichtert aufgeseufzt: »Minna, natürlich, die Minna, so hat die Ältere geheißen, dass ich doch noch draufkomme, angeblich helfen ja Kürbiskerne gegen die Vergesslichkeit, oder sind die jetzt für die Blase ...«

So hat die Newerkla vor sich hingemurmelt, dabei wollte ich doch nur etwas über diese Ansichtskarte aus London wissen, und, Gott behüte, von der Blasenschwäche der Newerkla verschont bleiben.

»Und diese Anni lebt also jetzt ...«, habe ich vorsichtig die Newerkla unterbrochen.

»... in London, genau«, hat sich die Newerkla zum Glück wieder auf Kurs bringen lassen, wie eine Fregatte, die kurzfristig ins Trudeln gekommen ist.

»Die Anni hat ja als Einzige überlebt, damals«, hat mir die Newerkla zugeflüstert und sich dabei umgeblickt wie in einem schlechten Agentenfilm. »Der Rest von der Familie ist umgebracht worden, na, du weißt schon, das waren einfach fürchterliche Zeiten damals, ihr Jungen könnt euch das heute gar nicht mehr vorstellen. Die hätten das einmal miterleben müssen, diese Studenten, die heute immer demonstrieren, na ja, aber zum Glück ist ja alles gut ausgegangen. Das heißt, deine Großmutter wäre beinahe noch von der Gestapo verhaftet worden, zum Verhör haben sie sie jedenfalls schon abgeholt gehabt, weil der Wendl Karli, der Hausmeister, dieser Nazi, sie angezeigt hat. Aber dann ist sie wie durch ein Wunder noch einmal freigekommen, höchstwahrscheinlich, weil dein Vater schon eingerückt war, als ganz junger Bursch hat der nach Russland müssen, da haben sie deine Großmutter gehen lassen, weil sie doch ganz allein mit ihm war, und dann ...«

Die Newerkla hat weitergeredet, ich bin nur dagestanden und habe mit großen Augen gelauscht. Gestapo, meine Großmutter, und die Anni in London, mir hat der Kopf gebrummt.

»... weil sie der alten Weintraub, also der Mutter von den Schwestern, mein ich, am Abend immer das Essen zur Kellerstiege gebracht hat. Die alte Weintraub hat dort auf sie gewartet, auf die Stella, dabei war deine Großmutter ja schon längst nicht mehr bei der Familie in Dienst, aber die haben doch keine Lebensmittelmarken mehr bekommen, und da hat deine Großmutter dann von ihren Marken gekocht, eingebrannte Erdäpfel oder Nockerln aus Mehl und Wasser, so böhmische Sachen halt, sie hat ja aus nix was zaubern können, das war unglaublich, wenn ich an ihre handgewuzelten Mohnnudeln denk, dann läuft mir jetzt noch das Wasser im Mund zusammen ...«

Und die Newerkla ist dagestanden und hat wirklich schlucken müssen, so überwältigt war sie von ihren Erinnerungen, ob an die schlimmen Zeiten oder an die Mohnnudeln meiner Großmutter, das war ihr wohl selbst nicht ganz klar.

»Ja, also ich muss dann«, habe ich an dieser Stelle gemurmelt, wer weiß, was ich noch alles erfahren hätte, aber ich bin mir immer schäbiger vorgekommen, so hinter dem Rücken meiner Großmutter die Newerkla auszufragen. Und auch die Newerkla hat auf einmal ziemlich betreten an ihrem Einkaufsnetz herumgezupft.

»Auf Wiedersehen«, habe ich also höflich gesagt.

»Grüß dich Gott, Lizzi«, hat die Newerkla geantwortet.

Dann hat sich Stille zwischen uns ausgebreitet. Bitte, erzählen Sie nichts davon der Großmutter, das hab ich gar nicht sagen müssen. In den angeblich so tabulosen sechziger Jahren ist über die jüngste Vergangenheit immer noch eine bleischwere Decke aus Schweigen gelegen. An unserem Gymnasium für Mädchen haben wir es im Geschichtsunterricht jedenfalls nie bis zu Hitler geschafft, egal ob wir im Herbst bei Hannibal oder im Biedermeier begonnen haben. Ein einziges Mal ist einer jungen unerfahrenen Lehrkraft das unglaubliche Malheur passiert, an einem glühend heißen Vormittag im Juni sind wir im Jahr 1938 angelangt, plötzlich waren alle hellwach und erwartungsvoll, die junge Frau Professor hat Schweißflecke unter den Achseln gehabt. Dann hat das Schrillen der Glocke sie erlöst. In der nächsten Geschichtsstunde haben wir in nicht ganz fünf Minuten das Dritte Reich und den Zweiten Weltkrieg abgehandelt. Eine Minute Anschluss, Österreich wird okkupiert. Eine Minute Schreckensherrschaft. Eine Minute Sieg der Alliierten. Eine Minute Staatsvertragsverhandlungen und der erlösende Satz von unserem Bundeskanzler Leopold Figl auf dem Balkon von Schloss Belvedere: »Österreich ist frei!«

Neben mir ist die Evi Blau gesessen, zu der die meisten Professoren immer ganz besonders freundlich waren, aber auf so eine Art, auf die man gut verzichten könnte. Sie ist in Israel zur Welt gekommen, ihre Eltern sind dann mit ihr nach Wien zurückgekehrt. Mir ist das völlig rätselhaft gewesen, weshalb eine jüdische Familie wohl freiwillig in diese Stadt zurückkommen wollte, aber ich habe mich nie nach den Hintergründen zu fragen getraut. Stattdessen haben einander die Evi Blau und ich völlig ungeniert von unseren ersten Küssen erzählt.

So war das damals, wie ich der Newerkla vor dem Supermarkt gegenübergestanden bin, das letzte Mal übrigens, dass ich die Newerkla gesehen habe, um Diskretion hab ich nun wirklich nicht bitten müssen. Dann bin ich nach Hause gegangen, mit meiner Milka mit ganzen Haselnüssen im Einkaufssackerl.

Seltsam, woran man sich erinnert. An eine Tafel Schokolade. An den Duft von Flieder, der im Frühsommer über der Ringstraße hing. An den Himmel, der sich so blau über der Stadt wölbte, dass es schien, als ob die Spitze vom Stephansdom ein Loch hätte hineinpiksen können. Und daran, dass wir alle damals noch völlig unbekümmert »bis zum Vergasen« gesagt haben, wenn uns etwas besonders gut geschmeckt hat. Du, also Marillenknödel könnt ich essen bis zum Vergasen.

Im darauffolgenden Jahr habe ich maturiert, mit Ach und Krach, wie man so schön sagt. Dann habe ich zu studieren angefangen, Geschichte und Politikwissenschaften. Ich wollte endlich wissen, wie das damals gewesen ist, zwischen 1938 und 1945 in meiner Heimatstadt, aber schon bald ist mir klar geworden, dass ich darüber wohl nicht allzu viel erfahren würde an der Wiener Uni.

Es hat Proseminare gegeben über die Gracchen und die Hussiten, Vorlesungen über den Dreißigjährigen Krieg, Seminare über die Magna Charta, Kant und Hegel, Napoleon und Metternich und den Wiener Kongress. Ein Professor hat unglaublich detailreiche Vorlesungen über die Schlachten des Zweiten Weltkriegs gehalten, einmal in der Woche zwei Stunden lang ohne Punkt und Komma, wir haben mitgeschrieben bis wir einen Krampf in den Fingern gehabt haben.

In der Aula der Universität am Ring haben sich jeden Mittwoch die schlagenden Burschenschafter getroffen mit ihren Mützen und Schärpen, manche sind sogar ganz stolz in schwarzen Stulpenstiefeln über weißen eng anliegenden Hosen herumstolziert. Was genau schlagende Burschenschafter waren, das ist mir und den meisten anderen nicht so ganz klar gewesen. Etwas Peinliches halt, etwas Vorgestriges, angeblich haben sie an geheimen Orten mit Degen und Säbeln gegeneinander gefochten, um sich möglichst spektakuläre »Schmisse« im Gesicht zuzufügen. Die ganz Tapferen reiben sich sogar noch Salz in die Wunde, hat eine Studentin aus dem Proseminar für Frühgeschichte einmal erzählt. Sie selbst ist eine sogenannte »Couleurdame« gewesen, das waren zumeist Töchterln aus gutem Haus, die

die Uni hauptsächlich als Heiratsmarkt betrachtet haben und die Herren Burschenschafter zu ihren Sitzungen, sprich Saufgelagen, begleiten durften.

Ich selbst bin bei den Trotzkisten gelandet, das heißt, bei ein paar Demos bin ich am Rand mitgetrottet und habe verdutzten Passanten Flugblätter in die Hand gedrückt. Richtig Zoff hat es in diesen angeblich so wilden Jahren, die bei uns aber in Wirklichkeit furchtbar brav waren, eigentlich nur einmal gegeben, während einer Demo gegen einen Professor von der Juridischen Fakultät, der ganz unverhohlen Naziparolen gepredigt hat. Trotzkisten und Maoisten und linke Sozialisten und sogar ein paar versprengte Katholische haben sich vor der Uni am Schottenring versammelt, wir sind knapp Hundert gewesen, hinter der Uni war das Zehnfache an Polizisten versammelt, mit Bereitschaftswagen und Plexiglasschilden und Hunden, mein Herz hat geklopft wie vor dem Sturm auf die Bastille. Dann ist unser Trüpplein sogar todesmutig von der amtlich genehmigten Route abgewichen und wir sind durch die Innenstadt gerannt, verfolgt von Dutzenden Polizeiautos mit Blaulicht und Lautsprecherkommandos, es war höllisch aufregend. Als ich Seitenstechen gekriegt hab, bin ich in eine Passage abgebogen. In der Passage ist eine bekannte Boutique gewesen, Maxiröcke aus Patchworkflicken sind in der Auslage gelegen, so bunt wie sie die Mädchen in der Carnaby Street auf Fotos getragen haben. Ich bin vor der Auslage gestanden, mit pochendem Herzen, und habe auf die Maxiröcke gestarrt, aber für eine Studentin sind sie natürlich viel zu teuer gewesen.

Dann hat es noch Aufregung um einen prominenten Arzt gegeben, der während des Zweiten Weltkriegs grausame

Experimente an Kindern durchgeführt hat. Aber man hat ihm nicht wirklich etwas anhaben können, der Arzt ist Mitglied beim Bund Sozialistischer Akademiker gewesen, seine Opfer sind wie gegen Gummiwände gelaufen. Erst viele Jahre später ist der Herr Doktor endlich vor Gericht gestanden, aber da ist er schon ein zittriger Greis gewesen, der sich an nichts mehr erinnern hat können.

Und Bruno Kreisky ist Bundeskanzler von Österreich geworden, obwohl er Jude war, aber darüber hat eigentlich kaum jemand ein Wort verloren, man hat es ihm nachgesehen, sozusagen. Er hat sich dann auch von Israel ziemlich distanziert und sehr für die Sache der Palästinenser eingesetzt, den bärtigen Arafat nach Wien eingeladen und umarmt. Mit Simon Wiesenthal dagegen war er sogar in einen Prozess wegen Ehrenbeleidigung verstrickt, weil er den berühmten Nazijäger als Kollaborateur verdächtigt hat. Aber alles Leugnen seiner Herkunft hat ihm nichts genützt, später soll sein Chauffeur trotzdem gesagt haben, der Kreisky ist ein feiner Kerl, nur schad, dass er Jude ist.

Im Sommer nach meinem ersten Jahr an der Uni habe ich mit meinem ersten Freund – damals ist alles noch das erste Mal gewesen – beschlossen, mit Interrail quer durch Europa zu reisen, wenn möglich sogar über den Ärmelkanal bis nach London. Voller Stolz habe ich meiner Großmutter von diesem Vorhaben erzählt, bei einem meiner allwöchentlichen Besuche am Sonntagvormittag. Sie ist am Herd gestanden und hat einen Schweinsbraten im Rohr gehabt, es hat unglaublich köstlich geduftet in der kleinen Küche. Dazu hat sie Knödel geformt aus Erdäpfelteig, die man dann so gut in den Saft vom Schweinsbraten tunken konnte. Ich bin am Tisch gesessen und habe in Vorfreude geschwelgt, München, Paris, London, endlich raus und fort und weg, good life, here I come.

Irgendwann hat meine Großmutter sich umgedreht, mit mehlbestäubten Händen, und gesagt: »Wenn du wirklich nach London kommst, dann könntest du eigentlich die Anni besuchen.«

Ich habe ziemlich überrumpelt genickt und nicht so recht gewusst, ob ich diese Bitte als aufregend oder als lästig empfinden sollte.

»Natürlich«, habe ich gesagt, »gern. Du musst mir nur die Adresse aufschreiben.«

»Beim nächsten Mal«, hat meine Großmutter gesagt. »Vielleicht schick ich der Anni auch etwas mit, etwas Gestricktes vielleicht.«

Na fein, habe ich mir gedacht, da darf ich also irgend so einen Zopfmusterpullover quer durch Europa schleppen. Aber das habe ich natürlich nicht laut ausgesprochen.

Die Interrail-Reise ist immer näher gerückt, ich habe mich mit meinem ersten Freund ein Dutzend Mal zerstritten und wieder versöhnt, unsere Rucksäcke sind ein Dutzend Mal umgepackt worden. Am Tag vor der Abfahrt habe ich meine Großmutter besucht, um mich zu verabschieden. Auf dem Küchentisch sind zweihundert Schilling in funkelnagelneuen Scheinen von der Bank gelegen als Zuschuss für die Reise und ein flaches Paket aus Seidenpapier. Durch das Seidenpapier hat es türkisgrün geschimmert.

»Das ist ein Sommerschal für die Anni«, hat meine Großmutter gesagt, »im Pfauenmuster mit Lückerln. Den gibst du ihr mit meinen besten Grüßen, die Adresse habe ich dir auf dem Zettel da aufgeschrieben.«

Das Paket ist zum Glück federleicht gewesen, zu Hause habe ich es in ein Frotteehandtuch eingewickelt und in meinen Rucksack gesteckt. Dann sind wir losgefahren, vom Westbahnhof weg, mein erster Freund und ich.

Wenn ich an diese Reise zurückdenke, dann sehe ich fast nur Bahnhöfe vor mir, die allesamt zu einer einzigen riesengroßen Wartehalle verschmelzen. Grüppchen von Jugendlichen haben immer irgendwo auf dem Steinfußboden gelagert, ein junger Mann mit langen Haaren hat Gitarre gespielt und ein Mädchen hat gesungen, Lieder von Joan Baez oder den The Mamas and the Papas, dazu haben wir geraucht und die missbilligenden Blicke der Erwachsenen, die an uns vorbeigehastet sind, genossen. Wie die Lemminge haben wir uns an den magischen Orten der Städte getroffen, vor einem Denkmal oder in einem Park, die internationale Gemeinde der echten Hippies und der braven Bürgerskinder, die sich einen Sommer lang als Hippies verkleidet hatten, um zweifelhafte Joints zu rauchen und unter dem Nachthimmel zu schmusen, Studienrat für Deutsch und Geschichte konnte man immer noch werden.

Irgendwann sind mein erster Freund und ich auf einer Fähre über den Ärmelkanal gelandet, fast erschrocken, dass wir es so weit geschafft hatten. Zu diesem Zeitpunkt sind wir uns schon ziemlich auf die Nerven gegangen, aber wir haben nicht gewagt, uns zu trennen, als ob wir nur zu zweit je wieder zurück nach Wien finden könnten, und alleine verloren gehen würden auf diesem wunderbaren Furcht einflößenden Kontinent. Die Überfahrt war so stürmisch, dass sogar die hocheleganten englischen Ladies grün um die Nase in den Toiletten verschwunden sind. Nur ich bin ganz allein unter Deck im Speisesaal gesessen, der mit Spiegeln und Kronleuchtern und plüschigen Bänken ausstaffiert war wie in einem Roman von Guy de Maupassant aus dem Französischunterricht am Gymnasium, habe den Widerschein meines blassen Gesichts angestarrt und an daheim gedacht, if they could see me now, aber ich besitze nicht einmal ein Foto zur Erinnerung an diese Szenerie, mein erster Freund ist nur über der Reling gehangen und hat gekotzt wie ein Reiher.

In London haben wir uns dann ständig an der Hand gehalten wie zwei verirrte Kinder im Wald. Die City, die Themse, die Doppeldeckerbusse. Die Menschenmassen. Die Hippies und Gurus, damals habe ich zum ersten Mal Rastalocken gesehen und Diamantstecker in der Nase.

Seither bin ich noch oft nach London geflogen, bin durch die Tate Gallery geschlendert und habe Afternoon Tea im »Savoy« getrunken. Aber bei jenem ersten Besuch wollte ich nur durch die Straßen laufen und das flirrende Gemisch aus Gerüchen, Smog und Hitze inhalieren, den Duft nach Räucherstäbchen und das Klirren der Glöckchen über den Portalen der Boutiquen, inhalieren und nicht mehr ausatmen, damit die Erinnerung halten möge für viele Wiener Winter.

Geld haben wir fast keines mehr besessen, nur mehr die Interrailtickets und einen Notgroschen, den wir in Tabaksbeuteln aus dunkelbraunem, schon speckig abgegriffenem Rauleder verwahrt haben. Ich bin beinahe so dünn wie Twiggy gewesen, nachts an meinen ersten Freund geschmiegt habe ich von Milkatafeln mit ganzen Haselnüssen geträumt. Unsere Rucksäcke waren voller Schmutzwäsche, nur in meinem hat es ganz unten noch geknistert, das ist das Päckchen aus Seidenpapier von meiner Großmutter gewesen, ich habe es von Tag zu Tag als lästiger empfunden.

Ganz zum Schluss unseres Aufenthalts habe ich mich endlich aufgerafft, das Präsent loszuwerden. Alles ist furchtbar kompliziert gewesen, das Telefonat von einem Postamt aus, um meinen Besuch anzukündigen, eine Frauenstimme hat sich gemeldet, ich habe in meinem Schulenglisch dahingestottert. Dann das Ausfindigmachen der besten Verbindung mit der Underground von Charing Cross nach Hampstead Heath, mein Freund wollte partout nicht mitkommen, wir haben uns heftig gestritten, dann bin ich alleine losgezogen, und endlich bin ich vor einem Reihenhaus mit Vorgarten im Londoner Norden gestanden, das Paket aus Seidenpapier in der selbst gehäkelten Umhängetasche verwahrt.

So bin ich dagestanden, und ich kann es der Anni Weintraub rückblickend nicht einmal krummnehmen, dass sie mich nur mäßig freundlich empfangen hat. Fast so groß wie ich und ziemlich vierschrötig ist sie auf mein Klopfen hin im Türrahmen aufgetaucht, eine ältere Frau in einem langärmeligen Kleid, mit dunklen Haaren, die im Nacken zu einem straffen Knoten zusammengesteckt waren.

»Du bist also die Lizzi«, hat sie zur Begrüßung gesagt, »deine Großmutter hat mir schon geschrieben, dass du kommst.«

Und ich habe mir gedacht, dass sie ruhig hätte »Sie« zu mir sagen können, immerhin bin ich keine Schülerin und kein Kind mehr gewesen, aber ich habe natürlich nicht gewagt, mich gegen das »Du« zu verwahren.

Dann hat sie mir mit einer Handbewegung gedeutet, ihr zu folgen, durch einen Flur, von dem rechts eine steile, mit einem Kokosläufer belegte Treppe ins obere Stockwerk geführt hat. Links ist es ins Wohnzimmer gegangen, ich konnte den Blick auf einen offenen Kamin erhaschen, die Fauteuils davor haben ein bisschen schäbig, aber nicht ungemütlich gewirkt. Ich wollte schon eintreten, aber die Anni ist bereits am Ende des Flurs gestanden, also bin ich ihr gefolgt, dann habe ich gemerkt, dass sie mich eben nur in die Küche bitten wollte.

Die Küche war zwar ebenfalls ziemlich klein wie alles in dem Reihenhaus, aber dennoch völlig anders zugeschnitten als die Küchen der Neubauwohnungen, die ich von Wien her gekannt habe. Statt einer schlauchähnlichen Küchenzeile ist dieser Raum quadratisch gewesen, das Zentrum war ein altmodischer Herd, über dem auf einer Stange karierte Geschirrtücher und ein Schöpflöffel gehängt sind. Damals hat es ja noch keine schicken Wohnzeitschriften gegeben, für mich war das also ein vollkommen neuer, geradezu sensationeller Anblick, und noch heute habe ich das dumme Gefühl, dass ich damals mit offenem Mund dagestanden bin.

Die Anni hat mir einen Platz an dem weiß gestrichenen Tisch in der Ecke angewiesen und einen Teller mit Keksen vor mich hingestellt, Teebeutel in zwei Tassen gehängt und mit sprudelndem Wasser überbrüht. Dann hat sie sich endlich zu mir gesetzt und die wenig überraschende Frage gestellt: »Wie geht es deiner Großmutter?«

»Danke, gut«, habe ich höflich geantwortet und mir Milch in meinen Tee gegossen, die Anni hat ein klein wenig indigniert dreingeschaut, höchstwahrscheinlich, weil ich nicht ihre Aufforderung zum Zugreifen abgewartet habe. Zucker habe ich keinen entdecken können, dabei trinke ich alles, egal ob Tee oder Kaffee oder Limonade, am liebsten mit mehreren Löffeln Zucker gesüßt. So sind wir uns also gegenübergesessen und haben Konversation gemacht, ziemlich schleppend, die Anni hat mich nach der Gesundheit meiner Großmutter und meinem Studium gefragt, ich habe Auskunft gegeben und manierlich den Tee ohne Zucker getrunken.

»Geschichte studierst du also, soso«, hat die Anni gesagt. Endlich ist mir das Päckchen in meinem selbst gehäkelten Hanfbeutel eingefallen, ich bin aufgestanden und habe es hervorgekramt und der Anni feierlich überreicht: »Das schickt Ihnen meine Großmutter, mit den besten Grüßen.« Und ich habe mich wieder hingesetzt.

Die Anni hat das Päckchen ein bisschen befingert, das Seidenpapier hat geknistert, aber sie hat es nicht geöffnet. Ich habe mir überlegt, ob ich das nun als grobe Unhöflichkeit werten soll, aber andererseits habe ich so wenig über die englischen Sitten gewusst, vielleicht war es ja in Hampstead Heath üblich, ein Geschenk auf gar keinen Fall vor dem Gast auszuwickeln.

Wir haben uns nicht mehr viel zu sagen gehabt, die Anni und ich, nur eine Uhr hat irgendwo getickt. Also habe ich den letzten Schluck ausgetrunken und nach meinem Beutel gegriffen: »Vielen Dank für den Tee. Ich werde dann lieber aufbrechen.«

»Ja, also dann«, hat die Anni gesagt, wir sind beide aufgestanden und wieder durch den Flur gegangen, an dem gemütlichen Wohnzimmer mit dem offenen Kamin vorbei, aber ich habe keinen Blick mehr verstohlen hineingeworfen. Dann sind wir in der offenen Haustür gestanden, die Anni hat dreingesehen, als ob sie noch irgendetwas hätte sagen wollen, etwas Bedeutsameres als bloß Grußworte, aber ich habe mich schon zum Gehen gewandt.

»Danke nochmals«, habe ich gesagt.

»Grüß mir deine Großmutter«, hat die Anni gesagt.

Dann bin ich die Straße hinuntergegangen und habe auf das Geräusch der zufallenden Haustür in meinem Rücken gewartet, aber nichts ist passiert. Wahrscheinlich ist die Anni im Rahmen gestanden und hat mir nachgeschaut und gewartet, dass ich mich noch einmal umdrehe und winke, aber ich habe einfach keine Lust mehr gehabt, die wohlerzogene Enkelin zu spielen. So bin ich zur Bahnstation Hampstead Heath getrottet.

Mein Freund hat mich nichts gefragt, und ich habe ihm nichts erzählt. Aber am nächsten Morgen, einen Tag vor unserer Abreise aus London, habe ich mein verbliebenes Geld gezählt und ihn gebeten, ob er mir noch etwas borgen kann. Mein Freund wollte schon aufbrausen, wir haben sowieso nur mehr von Tee aus Pappbechern und Sandwiches mit krümeligem Käse gelebt. Doch dann hat er seinen allerletzten Notfallgroschen hervorgeholt, eine verkrumpelte Pfundnote, er hat sie mir schweigend hingehalten, und ich habe so viel Zärtlichkeit für ihn empfunden wie später nie wieder, wir haben uns dann auch bald nach unserer Rückkehr in Wien getrennt.

Aber an jenem Augusttag in London sind wir gemeinsam mit der U-Bahn nach Knightsbridge gefahren, in die Brompton Road. Eigentlich hat ein Besuch bei »Harrods« ja gar nicht zu unseren Vorhaben gezählt, viel zu bieder und viel zu teuer, da sind wir uns einig gewesen. Aber nun habe ich einfach hingewollt, »Harrods« musste es sein, nicht mehr und nicht weniger.

Kaufhäuser haben mich nie sonderlich angezogen, Menschenmassen, die sich schubsen und drängeln, flößen mir bis heute Unbehagen ein. Aber die Lebensmittelabteilung von »Harrods« im Erdgeschoß haben wir beide damals als überwältigend empfunden. Lachs, auf gestoßenem Eis drapiert, ganze Schinken und Käselaibe, Kaviar in Dosen, der Preis konnte nur ein Irrtum sein.

In der Teeabteilung waren Pyramiden aus roten und grünen Dosen gestapelt, Behälter in der Gestalt von Doppeldeckerbussen und Telefonhäuschen, entzückt bin ich davorgestanden wie alle anderen Touristen. Bloß die Preisschildchen haben meinen Mut gleich wieder sinken lassen, verzagt habe ich nachgerechnet und sicherheitshalber noch einmal all mein Geld gezählt, aber die Anschaffung einer Earl-Grey-Mischung in einem roten Doppeldeckerbus ist ganz entschieden außerhalb aller finanziellen Möglichkeiten gewesen. Doch dann habe ich zum Glück die Schachteln ganz hinten auf einem Regal entdeckt, Teebeutel in Pappkartons mit Schottenmuster und dem typischen »Harrods«-Schriftzug bedruckt, an der Kasse habe ich unseren verkrumpelten Schein hingeblättert, eine Angestellte hat dafür meinen Early-Morning-Tea in eine atemberaubend edle Tüte verpackt, dann sind wir ins flirrende Licht von London hinausgestolpert, mein erster Freund und ich. Plötzlich habe ich die Blasen an meinen Füßen schmerzhaft gespürt, von den ewig scheuernden Sandalen, und ich wollte nur mehr nach Hause, zurück nach Wien, wo sich im September die Blätter der Bäume im Prater zu verfärben beginnen und die Kastanien mit einem leisen Plopp auf den Reitwegen und Alleen aufplatzen.

Wie wir nach Wien zurückgekommen sind, schmutzig und abgebrannt und total erschöpft, daran kann ich mich heute kaum mehr erinnern. Nur an eine endlose Zugfahrt durch Deutschland, die Gänge waren verstopft von uns Interrail-Reisenden, wir haben auf dem Boden geschlafen, an unsere Rucksäcke gelehnt. Einmal bin ich kurz aufgewacht, ein Mann hat sich über mich gebeugt und meine Wange gestreichelt, ganz sanft, ich habe ihn angestarrt, verschlafen und erschrocken, dann ist er weitergegangen, und ich habe mich wieder zusammengerollt im gleichmäßigen Rattern der Räder.

Ein paar Tage nach meiner Rückkehr habe ich meine Großmutter besucht. Braun gebrannt und sehr dünn bin ich gewesen, und außerdem bin ich mir unendlich erwachsen und lebenstüchtig vorgekommen, eine Frau, die nun die große weite Welt kannte. Meine Großmutter war so klein und proper wie immer, sie ist in ihrer Schürze am Herd gestanden und hat den Bohnenkaffee aufgegossen in der Kanne mit dem Melitta-Filter obendrauf, auf dem Tisch ist ein selbst gebackener Zwetschkenkuchen gestanden. Ich habe geredet, mit vollem Mund, meine Großmutter hat zugehört. Die glänzende »Harrods«-Tüte ist zwischen uns auf dem Boden gestanden. Schließlich habe ich sie hervorgeholt und den Early-Morning-Tea im Pappkarton mit Schottenkaro vor die Kaffeetasse meiner Großmutter gestellt. »Den schickt dir die Anni. Ich habe sie besucht, sie hat sich sehr über deinen Schal gefreut. Es geht ihr gut, und sie lässt dich herzlich grüßen.«

Meine Großmutter hat die Schachtel ein klein wenig ratlos angeschaut, Tee hat sie nämlich nur getrunken, wenn ihr der Bauch wehgetan hat, Kamillenblüten oder eine Mischung aus Fenchel und Pfefferminz.

»Genau diesen Tee trinkt auch die Queen zum Frühstück«, habe ich weitergeredet, um dem Mitbringsel Bedeutung zu verleihen. »Auf Staatsbesuchen nimmt sich die Queen immer diese Mischung mit, sie trinkt praktisch nichts anderes.«

Nun hat meine Großmutter doch ziemlich ehrfürchtig dreingeschaut, sie hat die Schachtel vorsichtig in die Hand genommen, von allen Seiten beäugt, schließlich ist sie aufgestanden und hat sie in ihre Kredenz gestellt, neben das gute Porzellan und die Likörgläser aus Bleikristall. Dort ist die Schachtel noch jahrelang gestanden, nie wäre meine Großmutter auf die verwegene Idee gekommen, sie zu öffnen und sich einen der Beutel zu überbrühen, einfach so.

Wir haben dann von anderen Dingen gesprochen, vom Wetter und dem Schmerz in ihren Knien und meinem bevorstehenden Geburtstag. Die Anni Weintraub hat keine von uns jemals mehr erwähnt.

Heute unterrichte ich selbst Geschichte, meine Schüler können mich alles fragen. Wir fahren nach Mauthausen, wo das Konzentrationslager gewesen ist, und gehen in die Synagoge in der Seitenstettengasse. Wir laden alte Männer und

Frauen ein, die von damals erzählen. Nur meine Großmutter habe ich nie gefragt nach ihrem Leben. Manchmal denke ich mir, dass ich so viel in Archiven über Büchern und Berichten von früher sitze, weil ich mein Versäumnis nachholen will, das Leben meiner Großmutter einkreisen und nachzeichnen. Trotzdem ist sie mir so nah, als ob ich damals neben ihr gegangen wäre, ohne Schuhe auf dem langen Weg nach Wien. Und ich denke mir, man muss nicht alles voneinander wissen.

Schickse

I.

Wenn du kein Jude wärst, dann wärst du Antisemit. Dachte Johanna, auch Hannerl oder Hanni genannt, je nachdem, wer das Wort an sie richtete. Der Mann ihr gegenüber löffelte eine Grießnockerlsuppe und sah sich dazu im Lokal um.

»Also wirklich, das ›Prückel‹ ist noch immer das einzige Kaffeehaus, wo man hingehen kann, ohne dass einen die Japaner tottreten. Aber die Luft ist einfach ein Graus. Können sich die keine ordentliche Entlüftungsanlage leisten?«

Johanna gab keine Antwort, die wurde von ihr auch gar nicht erwartet. Sondern sie tunkte still ihr Frankfurter Würstel in den scharfen Senf und panierte es anschließend sorgfältig mit Kren, leider aus dem Glas statt frisch gerissen. Hoffentlich fällt ihm das nicht auf, dachte sie, sonst geht das Gezeter gleich wieder von Neuem los, nichts ist mehr so wie es früher war, der Kaffee, die Kellner, der Kren, du und ich und die ganze Stadt überhaupt.

Jakob, genannt Kubi von allen wichtigen Leuten zwischen Wien Innere Stadt und New York Upper East Side, hatte die Suppe zu Ende gelöffelt und zündete sich eine Zigarette an, er wedelte das Streichholz vor Johannas Nase aus und blies gedankenverloren den Rauch über den Tisch, der sie voneinander trennte. Sie saßen in einer Nische direkt am Fenster mit Blick auf die kahlen Bäume der Ringstraße und den Lueger-Platz und die Wollzeile.

Regen würde gleich fallen, der Wind trieb ein paar zerlumpte Zeitungsseiten über das Pflaster. Wie schön diese Stadt ist, dachte Johanna. Als junges Mädchen war sie einmal im »Prückel« gesessen, allein, und hatte dem Geplauder von drei Damen am Nebentisch zugehört.

Also, ich weiß einfach nicht, was die Leute immer haben, hatte eine von ihnen gesagt. Dass diese Stadt so trist und grau sein soll. Ich finde ja, dass Grau eine wunderschöne Farbe ist. Genau, hätte Johanna damals beinahe gesagt und sich als heimliche Lauscherin verraten. Obwohl, in den meisten Kaffeehäusern war es praktisch unmöglich, die Gespräche am Nebentisch zu überhören, so knapp nebeneinander standen überall die Bugholzsessel.

Ein Mann ging am Fenster vorbei, gebeugt und hastig, sein Mantel bauschte sich im Wind.

»Ahh, der Weinzirl«, sagte Jakob. »Soviel ich gehört hab, ist es ja jetzt doch nix geworden mit einer Professur an der Angewandten. Na, wenigstens hat er eine reiche Frau, das ist doch diese Agi mit diesem Schlössel im Kamptal, da gibt's bestimmt auch einen Wald zum Abholzen, das wird schon reichen für die nächsten paar Jahre.«

Ich liebe ihn noch immer, dachte Johanna. Der Arsch kann tun und lassen und sagen, was er will, ich liebe ihn noch immer. Ob das ein Defekt in meinem Hirn ist? Oder eine frühkindliche Prägung? Oder einfach Selbsthass, der Bestrafung sucht?

»Herzig schaust noch immer aus«, sagte Jakob und wandte sich ihr zu, so als ob er sie gerade entdeckt hätte, und sie beide nicht schon zusammensitzen würden seit fast einer Stunde. »Ehrlich gesagt, mir hat ja ein bissl gegraust vor unserem Treffen, das ist ja fast immer eine peinliche Angelegenheit, so ein Treffen mit einer alten Liebe, aber du hast dich wirklich gut gehalten, Kompliment, wenn ich da an ein paar von den Figuren denke, die mir in den letzten Tagen über den Weg gelaufen sind, also echt grauenvoll. Na ja, in dieser Stadt herrscht eben kein Körperbewusstsein, alle schleppen sie ihren Backhendlfriedhof vor sich her und stinken nach Schnaps und Rauch und Wein, irgendwie so säuerlich, also, wie du das aushältst, du warst doch immer so etepetete.«

Johanna musste lächeln, etepetete, ja, das war sie wirklich gewesen, in der Kleidung und in ihrem ganzen Auftreten, dabei hatte sie sich so sehr um diese nonchalante Lässigkeit bemüht, die entsteht, wenn man eine geflickte Joppe vom adeligen Opa mit einem Vuittontascherl kombiniert.

»Wie lange wirst du bleiben?«, fragte sie. Nicht, dass es sie wahnsinnig interessiert hätte. Ob er ihr im »Prückel« gegenübersaß oder am anderen Ende der Welt seine Honneurs machte, das war doch gehupft wie gesprungen, so hatte ihre Großmutter immer gesagt. Wenn du einmal heiratest, dann tut's nimmer weh, war eine ihrer anderen Lebensweisheiten gewesen, wenn die kleine Johanna sich wieder einmal die Knie aufgeschürft hatte im Park. Aber die kleine Johanna hatte nie geheiratet, und weh tat es noch immer, aber daran hatte sie sich gewöhnt, so wie an ihre empfindlichen Nasennebenhöhlen.

»Woran denkst du?«, fragte Jakob, und sie zuckte zusammen wie ertappt.

»Ach, nichts, ich hab mich nur gerade erinnert, wie ...«

»Hanni, ich bitte dich!« Jakob sah drein, als ob er auf Stanniolpapier gebissen hätte. »So fangen hier alle Sätze an, ich hab mich gerade erinnert, das ist zum Aus-der-Haut-Fahren, jeder behelligt einen mit seiner Vergangenheit, lebt ihr denn nie im Heute, nur in eurer verstaubten guten alten Zeit, dabei hab ich ehrlich geglaubt, hier hätte sich was geändert, aber es ist immer noch derselbe Mief.«

Der Oberkellner erschien und stellte Kaffee und ein Glas Wasser auf einem Silbertablett auf den Tisch zwischen ihnen. »Eine Schale Gold mit viel Milch, so haben Sie's doch gerne gehabt, Herr Kubi, nicht wahr?« Erwartungsvoll stand er da und strahlte übers ganze Gesicht.

Ich könnte jeden Tag schon zum Frühstück ins »Prückel« gehen und Trinkgelder verteilen wie ein Krösus, dachte Johanna, aber zum Stammgast würde ich es niemals bringen. Noch dazu zu einem Stammgast, dessen Vorlieben über Jahre hinweg eingraviert bleiben in den Hirnen der Kellner, so was bringt nur der Jakob fertig, dabei ist er nicht einmal besonders freundlich zum Personal, so ein bisschen jovial halt, sie selbst hatte es stets als herablassend empfunden.

»Ahhh, der Herr Robert«, sagte Jakob. »Ja, so was wie Sie könnten wir brauchen drüben, dieses Fair-trade-Gesöff aus Pappbechern bei ›Starbucks‹ halten die Amis ja allen Ernstes für Kaffee. Also, vielen Dank, nimmst auch noch was, Hanni?«

»Einen kleinen Braunen, bitte«, sagte Johanna. Der Herr Robert verbeugte sich vor Jakob und eilte in die Küche.

Allmählich wird's peinlich, dachte Johanna. Worüber sollen wir bloß reden? Über die alten Zeiten mag er nicht plaudern und irgendwie hat er ja auch recht damit. Ob ich ihn nach seinem jetzigen Leben fragen kann? Von der Mafalda ist er ja schon seit Jahren getrennt, hab ich gehört, da gibt es bestimmt längst eine Neue. Was die wohl ist, eine Baronesse oder eine reiche Erbin oder beides zusammen? Gott, bin ich grauslich, dachte Johanna, angeblich sieht man einem Gesicht ja die gehässigen Gedanken an, hoffentlich schau ich nicht ...

»Also, lang werd ich nicht mehr bleiben«, sagte Jakob mitten in ihr Grübeln hinein. Nanu, dachte Johanna überrascht, er hat meine Frage von vorhin ja sogar zur Kenntnis genommen, also, irgendwie ist er auch nicht mehr der Alte. Ob er vielleicht doch netter geworden ist, Menschen verändern sich ja, warum nicht auch der Jakob?

»Zwei Wochen in der Heimat genügen vollauf«, fuhr Jakob fort. »Dann hast eine ordentliche Depression und der Psychiater zu Hause wieder genug zu tun. Nicht dass ich einen hätte, einen Psychiater, nur, damit du dir nicht gleich wieder Sorgen machst, ich kenn dich ja. Am zwanzigsten muss ich jedenfalls in Mailand sein, da hab ich eine Verabredung zum Abendessen mit dem Matteo, kennst ihn eh, und dann geht's zurück, gleich von Linate aus. Die Concorde fliegt ja nimmer, aber die war eh ein Graus, lauter so neureiche Proleten, die den Knall haben hören wollen. Zum Monatsende muss ich unbedingt auf Nantucket sein, dann feiert die Pippa nämlich ihren Geburtstag, das hab ich ihr fest versprochen.«

Der Herr Robert erschien und stellte das silberne Tablett samt kleinem Braunen und Wasserglas vor Johanna ab. Pippa also, dachte Johanna. Und Nantucket, da schau her. Na, das hätt ich mir denken können, dass sich der Jakob kein Mädel aus Queens anlacht.

Der Oberkellner trat schon wieder an ihren Tisch und beugte sich zu Jakob hinab: »Der Herr Doktor wird am Telefon verlangt.«

Jakob verdrehte die Augen und zuckte bedauernd mit den Schultern in Johannas Richtung, dann stand er auf und lief die Treppe ins Untergeschoss hinab, wo sich die altmodischen Toiletten und Telefonkabinen vom »Prückel« befanden. Johanna sah ihm nach. Kein bisschen dicklich war er um die Hüften geworden, noch immer so nervös elegant wie damals, Khakihosen zum dunkelblauen Pullover und selbstverständlich handgenähte Schuhe mit Eisen beschlagen, die auf dem Pflaster knallten, ein Schuft wie aus einem Roman von Thomas Mann.

Einen blauen Pullover hatte er auch angehabt, als sie ihm das erste Mal gegenübergesessen war, in diesem verrauchten griechischen Kellerlokal am Naschmarkt, wo sich die Studenten aus den Arzt- und Anwaltsfamilien gerne trafen und den Scheck vom Herrn Papa verplemperten. Die Pia hatte sie mitgenommen, eine Kommilitonin, mit der sie sich angefreundet hatte. Pia nahm sie ab und zu in ihre sogenannten »besseren Kreise« mit, dafür schrieb Johanna vier Fünftel der gemeinsamen Proseminararbeiten, das war die stillschweigende Übereinkunft zwischen ihnen beiden, die sich bereits im vergangenen Semester bewährt hatte.

Johanna war zwischen all den lässigen jungen Leuten gesessen und hatte tief beeindruckt ihren Bonmots und Andeutungen gelauscht. Dann hatte der blasse Dunkelhaarige in dem nachtblauen Pullover einen Witz erzählt, einen Judenwitz, und alle hatten furchtbar gelacht. Und Johanna hatte so tief Luft geholt, dass sie beinahe rülpsen musste, und hatte mitten hinein ins Johlen gesagt: »Also, ich finde das nicht gut, was du da für Witze erzählst. Judenwitze sind nicht komisch.«

Alle hatten irgendwie betreten zur Seite geschaut, nur der blasse Dunkelhaarige mit den Augenbrauen wie Mondsicheln hatte Johanna angesehen.

»Aber ich bin doch selber Jude«, hatte er gesagt, und sie war dagesessen wie ein übergossener Pudel, eine Peinlichkeit, humorlos wie ein alter Nazi. Dann hatten die launigen Gespräche rundum wieder eingesetzt, irgendwann war sie aufgestanden und gegangen, niemand hatte sie zurückgehalten, auch die Pia war ihr nicht nachgekommen.

Jakob ließ sich mit einem Seufzen wieder auf die gepolsterte Bank im »Prückel« fallen. »Das war der Otti, dabei hab ich so gehofft, dass er gar nicht merkt, dass ich in der Stadt bin, der Mensch ist so lästig wie eine Filzlaus. Jetzt will er mir natürlich von irgendeinem neuen Projekt erzählen, wahrscheinlich darf ich auch noch das Essen bezahlen, aber ich kann ihm das nicht abschlagen, du verstehst das doch. Wir treffen uns im ›Europe‹, wennst magst, kannst gerne mitkommen, der Otti tät sich bestimmt freuen.«

Johanna schüttelte den Kopf. Vielen Dank, ich habe Jahre gebraucht, um die Erinnerungen an eure Schnöselpartie abzuschütteln, so wie klebrige Zuckerwatte, die einem zwischen den Fingern pickt. Aber das sagte sie natürlich nicht laut.

Jakob stand auf und griff nach seinem Sakko. Er trägt allen Ernstes noch immer Lederflicken an den Ellbogen, dachte Johanna. Das schaut doch mittlerweile total affig aus, obwohl, na ja, zum Jakob passt es irgendwie, und in New York kommt das wahrscheinlich sogar an, so ein touch from good old Europe. Jakob beugte sich über sie und küsste sie auf die Wange.

»Ich ruf dich an, ja? Oder du rufst mich an, weißt eh, im ›Sacher‹, wie immer. Erledigst das da für mich? Du, danke, das nächste Mal bin dann ich dran, also servus, Hannerl.«

Und Jakob schlenderte durchs Lokal und zur Tür hinaus, den Rücken nachlässig krumm und die Hände in den Hosentaschen vergraben, fast alle Frauen hoben die Köpfe von ihren Illustrierten und sahen ihm nach.

Servus Jakob, dachte Johanna, dann blieb sie einfach sitzen, sie fühlte sich so schlapp, als ob sie seit Tagen nichts mehr gegessen hätte, dabei hatte es zu Mittag panierten Fisch mit Erdäpfelsalat in der Kantine vom Ministerium gegeben, wie an Freitagen üblich. Statt Regen ging gerade ein Schneeschauer über dem Lueger-Platz nieder, aber die Flocken schmolzen noch in der Luft zu Tropfen, die gegen die Statue des einstigen Bürgermeisters klatschten. Wer Jud ist, bestimmt ich, mit diesem Ausspruch war er populär geworden.

Ich muss raus, jetzt gleich, auf der Stelle, dachte Johanna, aber ich darf nicht über den Graben gehen, sonst komm ich am »Europe« vorbei, und der Jakob sieht mich womöglich, Pech, das ich hab, und glaubt, ich lauf ihm nach. Sie winkte dem Kellner und bezahlte die Rechnung, eine Grießnockerlsuppe, einmal Würstel mit Senf und Kren, zwei kleine Bier, eine Schale Gold und einen kleinen Braunen. Ganz schön heftig, dachte Johanna, als sie ihre Geldbörse wieder in die Handtasche steckte. Aber die Leute scheinen sich das Ausgehen leisten zu können, die Kaffeehäuser und Heurigen waren immer gesteckt voll, die Theater und die Oper fast immer ausverkauft, und einen Tisch im Restaurant mit Blick aufs Dach vom Steffl musste man schon wochenlang vorher reservieren. Wie in der Zwischenkriegszeit, dachte Johanna. Bloß, zwischen welchen Kriegen stecken wir?

Sie griff nach ihrem Mantel, da eilte auch schon der Oberkellner herbei und half ihr hinein, schließlich war sie eine Dame, die den Herrn Kubi kannte. Johanna bedankte sich mit einem Lächeln. Dann schlang sie den karierten Wollschal um ihren Hals und stopfte die dunkelblonden Haare unter die schwarze Baskenmütze, und endlich war sie bereit, die Tür aufzustoßen und hinauszutreten in die kalte Luft. Einer der Taxichauffeure, die wie immer vor dem »Prückel« parkten, beugte sich einladend zum Fenster vor, aber Johanna schüttelte den Kopf. Ich werde durch die Riemergasse gehen, dachte sie, und zu den Fenstern von der Palffy-Wohnung hinaufschauen. Wo er mir damals das Herz gebrochen hat, das sagt man nämlich nicht bloß, das passiert wirklich, nur ist es damals nicht November gewesen, sondern Mai, die Kinder haben schon Kniestrümpfe getragen und an der Ringstraße hat es nach lila und weißem Flieder gerochen wie in einem Willy-Forst-Film. Johanna ging über den Lueger-Platz, dann am Tafelspitzrestaurant »Plachutta« und am Kabarett »Simpl« in der Wollzeile vorbei, und bog in die Riemergasse ein.

Sie bogen in die Riemergasse ein.

»Das wird sicher lustig, wirst sehen«, sagte Pia, aber Johanna war sich da nicht so sicher. Lauter Leute, die ich nicht kenne, dachte sie, das kann ja heiter werden. Angeblich gibt es ja Menschen, die brauchen nur einen Raum zu betreten und schon schlagen sie alle in ihren Bann mit ihrem Charisma, aber ich gehör da bestimmt nicht dazu. Ob ich das Richtige angezogen habe? Na, wenigstens glänzen meine Schuhe und die neue Handtasche hat so eine schicke Kette statt einem Riemen zum Umhängen, Schuhe und Handtasche sind nämlich total wichtig, der Rest darf ruhig von der Stange sein. Angeblich siezt ja die Tessa Palffy ihre Mutter sogar noch, das hat jedenfalls die Pia erzählt, also das muss man sich einmal vorstellen, sogar die Pia hat sich mokiert über so viel Getue. Und jetzt muss ich schon wieder aufs Klo, das fängt ja gut an.

»So, da wären wir«, sagte Pia. Sie waren vor einem dunkelgrün lackierten Portal angekommen, das offen stand, ein roter Teppich führte an der leeren Portiersloge vorbei die Marmortreppe hinauf. »Wir müssen leider zu Fuß gehen«, sagte Pia, »die Palffys wohnen nämlich im letzten Stock, aber Aufzug darf keiner eingebaut werden, wegen dem Denkmalschutz, weißt eh.«

Solche Häuser gibt's also wirklich in unserer Stadt, dachte Johanna, während sie hinaufkeuchten, unglaublich, das ist ja wie in einem »Sissi«-Film. Sie kamen an mattglänzenden Türschildern vorbei, »Steidl & Co., Import-Export« stand auf einem, »Ossietzky« auf einem anderen. Im obersten Stockwerk gab es nur mehr eine einzige Flügeltür, der rote Teppichläufer endete direkt davor.

»Den Eltern von der Tessa gehört die ganze Etage«, sagte Pia. »Das ist total praktisch, die kriegen gar nicht mit, wenn sie wieder einmal zu spät nach Hause kommt.« Dann betraten sie die Wohnung.

Johanna und Pia durchquerten das mit gelben Streifen tapezierte Vorzimmer, Biedermeiersessel und eine polierte Kommode standen an den Wänden, geschwungene Garderobenständer in den Ecken. Ein Mädchen in einer weißen Schürze ging an ihnen vorüber, es trug ein Tablett mit Käsewürfeln, auf die je eine blaue Weintraube gespießt war. Sie folgten dem Mädchen in den Salon, der so groß war wie der Übungssaal einer Tanzschule, nur die Spiegel fehlten, stattdessen hingen Ölgemälde in goldenen Rahmen an der Wand und mindestens ein Dutzend Geweihe. Wie bei den Eltern von der Sissi in Possenhofen, dachte Johanna, zu denen sie sich immer flüchtet, wenn sie es wieder einmal nicht aushält am Kaiserhof.

Ein Mädchen kam auf sie zu, statt einer weißen gestärkten Rüschenschürze trug dieses Mädchen jedoch eine Perlenkette über dem grauen Pullunder. »Das ist die Tessa«, sagte Pia, »und das ist die Johanna, wir kennen uns vom Proseminar beim Wolfram, die Tessa studiert auf der Veterinär, die ist also fast so was wie eine Emanze, ich glaub aber eher, dass sie dort ist wegen der vielen Männer.«

Tessa und Pia kicherten, Johanna kicherte mit. Das ist ja richtig nett hier, dachte sie, und überhaupt nicht überkandidelt, gut, dass ich mitgegangen bin. Sie sah sich im Raum um. Junge Leute standen in losen Grüppchen zusammen, es wurde viel gestikuliert und gelacht. Mitten im Salon war ein Tisch aufgebaut, bedeckt mit einer weißen

Damastdecke, die bis zum Boden reichte. In der Mitte des Tisches prangte ein Arrangement aus Nelken und Asparagus in einer Schale, die ganz eindeutig aus Augartenporzellan war. Rund um das Blumengesteck standen ziemlich verloren drei Platten mit Käsehäppchen und Schinkenbrötchen auf dem weißen Damast, die Schinkenbrötchen waren mit Aspik lackiert und mit Petersilienblättchen garniert. Ob das wohl alles ist, dachte Johanna. Also, wenn ich da an die Einladungen am Sonntag bei uns zu Hause denke, wenn der Onkel Gerhard und die Tante Elfi und die Großeltern kommen, also, die würden sich schön bedanken für so ein paar Bissen. Aber bestimmt sind das auch nur die Vorspeisen, die Hors d'œuvres, wie wir in Französisch gelernt haben, ich bin so ein feines Buffet eben nicht gewöhnt.

»Komm, wir holen uns was zum Trinken«, sagte Pia und zog Johanna zu einer Anrichte, auf der Weinflaschen und Sodawasser standen. Sie mixten sich zwei Gspritzte, nahmen beide einen tiefen Schluck, dann wandten sie sich wieder den anderen Gästen zu.

»Das dort drüben ist der Gucki«, sagte Pia. »Von dem hab ich dir schon erzählt, weißt eh. Gefallen tät er mir schon, aber der muss irgendwann in die Steiermark zurück und den Familienbesitz übernehmen, dann bin ich dort lebendig begraben und muss auf Gutsfrau machen und komm vielleicht alle vierzehn Tage einmal nach Graz zum Einkaufen, also sooo gut gefällt er mir auch wieder nicht.«

Deine Sorgen möchte ich haben, dachte Johanna, und schüttelte sogleich beschämt den Kopf über sich selbst. Die

Pia war wirklich eine ausnehmend nette Person, und für seine Herkunft kann keiner was, das sagte doch auch der Onkel Gerhard immer, ihr Lieblingsonkel, aber der meinte natürlich keine Gutsbesitzer damit.

»Komm, wir drehen eine Runde«, sagte Pia und hakte sich bei Johanna unter. »Ich stell dich ein paar Leuten vor.« Sie steuerte auf das nächstbeste Trio zu, Johanna wurde ein bisschen flau im Magen, die Pia kennt einfach alle und jeden, dachte sie, zum Neidischwerden ist das.

»Das ist die Johanna«, sagte Pia schon wieder, zwei junge Männer und ein Mädchen nickten höflich. »Und das sind der Alfi und der Hubertus und die Elsa, ihr macht's euch einfach miteinander bekannt, ich hab da drüben die Uschi gesehen, also bis später.« Und sie zog ihren Arm von Johanna zurück und verschwand, bleib da, hätte ihr Johanna am liebsten nachgeschrien, aber dann straffte sie entschlossen ihren Rücken.

Das Mädchen, Elsa, redete weiter, als ob sie nicht unterbrochen worden wären. »Seid's ihr im August auch in Aussee?«, fragte Elsa. »Manchmal denk ich mir, ich hab so was von genug von diesem Kaff, aber dann ist man in Portofino oder sonstwo und dann kriegt man plötzlich so eine Sehnsucht nach der Trisselwand, geht euch das nicht auch so, also eine Woche Aussee muss einfach sein, sonst ist das kein Sommer für mich.«

Die beiden jungen Männer grinsten und machten zustimmende Geräusche, einer kippte sein Glas bis zur Neige, es roch nach Wermut. Der andere wandte sich Johanna zu: »Dich kenn ich doch, warst du nicht vorige Woche auf dem Festl vom Ferdinand?«

Johanna schüttelte den Kopf. »Nein, ganz sicher nicht. Ich kenne zwar einen Ferdinand, aber der ist Optikermeister und macht bestimmt keine Festln.«

Die beiden jungen Männer lachten, Elsa blickte ein wenig gelangweilt zum Blumenarrangement hinüber. Nanu, ist mir am Ende gar ein Witz gelungen, dachte Johanna erfreut, das läuft ja besser, als ich dachte.

»Wo bist du eigentlich zur Schule gegangen?«, fragte Elsa unvermittelt, Johanna fühlte sich plötzlich wie früher an der Tafel bei einer Prüfung in Chemie oder, schrecklicher noch, in Geometrie.

»In der Billrothstraße«, sagte sie so lässig wie möglich.

»Ahhh ja«, sagte Elsa gedehnt, »ist das nicht diese Knödelakademie?«

»Nein, ich war im Neusprachlichen«, sagte Johanna. »Englisch, Französisch und Latein. Aber am liebsten hab ich immer Deutsch und Geschichte gehabt.«

»Ahhh ja«, sagte Elsa wieder, es klang unglaublich gelangweilt.

»Mich hat's in Latein erwischt, in der siebenten«, sagte einer der beiden jungen Männer, der Wermuttrinker. »Aber das war auch schon egal, meine Laufbahn war eh nur eine einzige Katastrophe, nicht einmal bei den Schulbrüdern wollten's mich behalten, dabei haben meine Alten praktisch den ganzen neuen Turnsaal gespendet, aber es war trotzdem nicht ...«

»Alfons, ich bitte dich!« Elsa sah jetzt wirklich genervt aus. »Diese alten Geschichten interessieren doch niemanden!«

Johanna stand daneben und fühlte sich peinlich schuldig an Elsas Gereiztheit. Dabei hat sie doch angefangen damit, dachte Johanna, sie hat mich doch nach der Schule gefragt. Wie komm ich bloß von hier weg? Wenn ich nur wüsste, wo hier das Klo ist!

»Ich werd mal nach der Pia schauen«, sagte sie und ärgerte sich selbst über ihre belegte Stimme. Dann schlenderte sie davon und spürte die Blicke der drei in ihrem Rücken. Auf einer der Platten lag noch ein allerletztes Häppchen, Schinken auf Weißbrot, mit Aspik lackiert und von einem Mayonnaiseklecks gekrönt. Ob ich mir das nehmen kann, dachte Johanna. Hunger hätt ich schon, mir steigt ja schon der eine Gspritzte zu Kopf. Sie griff nach dem Häppchen und versuchte davon abzubeißen, aber das erschien ihr doch zu albern, also steckte sie es ganz in den Mund. Das Mädchen mit der weißen Schürze ging vorbei, Johanna schluckte und tippte der anderen auf die Schulter: »Verzeihung, wo ist denn hier die Toilette?«

»Beim Eingang gleich links«, sagte das Mädchen, dann stapelte es die leer gegessenen Platten übereinander und verschwand damit hinter einer Tapetentür. Johanna spazierte möglichst beiläufig ins Vorzimmer hinaus und ließ das Gemurmel und Gelächter zurück. Zum Glück war die Gästetoilette frei, ein Raum so groß wie ein Kabinett, weiß gekachelt und mit altmodischen Armaturen ausgestattet. Johanna wusch sich die Hände und betrachtete ihr Spiegelbild. Wenn ich wenigstens grüne Augen hätte, dachte sie. Aber blaue Augen und blonde Haare, spießiger geht's ja wohl nicht. Ob ich mir die Haare färben lassen soll? Die Mama würde allerdings der Schlag treffen. Wo sie doch so stolz ist, weil ich angeblich ausschau wie diese schwedische Schlagersängerin, Bibidingsbums oder wie die heißt. Plötzlich wurde heftig gegen die Tür geklopft, Johanna zuckte erschrocken zusammen. Sie holte tief Luft, klemmte sich die Handtasche unter den Arm und öffnete die Tür. Draußen stand eine toupierte Rothaarige, die ungeduldig an ihr vorbeirauschte. »Servus«, sagte Johanna. »Na endlich«, sagte die Rothaarige.

Johanna ging in den Salon zurück. Ihr schien, dass die Gäste weniger geworden waren, auch Pia war nirgends zu sehen. Das kann sie mir doch nicht antun, dachte Johanna, mich ganz allein hier zurückzulassen. Sie umrundete den großen Tisch, auf dem nun eine Schüssel mit Birnen und Weintrauben stand. Offenbar ist das bereits das Dessert, dachte Johanna. Wenn das der Onkel Gerhard sehen könnte, würde er auf der Stelle einen Anfall kriegen, typisch für die da oben, würde er sagen, Biedermeiermöbel und Augartenporzellan, aber nix zum Beißen für die Gäste.

Und dann sah sie ihn.

Er stand am Fenster, drei Mädchen himmelten ihn an, Johanna wäre am liebsten davongerannt. Das ist doch dieser Typ aus dem »Hellas«, dachte sie, der den Judenwitz erzählt hat. Allein die Erinnerung an diese Szene löste in ihr das Verlangen aus, zu flüchten. Johanna sah sich um. Wenn nicht sofort die Pia auftaucht, dann gehe ich, dachte sie, und zwar ohne mich zu verabschieden, gutes Benehmen hin oder her.

»Hallo«, sagte jemand quer durch den Raum. Alle wandten ihr die Köpfe zu, jedenfalls kam es Johanna so vor. Sie sah wieder zum Fenster hin. Der Typ aus dem »Hellas« lächelte sie an, die drei Mädchen waren verstummt. Johanna ging auf die Gruppe zu, ganz langsam, ihre Knie schienen ihr so weich wie der Vanillepudding, den ihre Mutter manchmal auftischte.

»Hallo«, sagte Johanna und war stolz auf sich selbst, dass es so lässig klang.

»Kennst du mich überhaupt noch?«, fragte der Typ am Fenster, er stand so schlaksig an den Rahmen gelehnt da wie Anthony Perkins, in Khakihosen und einem dunkelblauen Pulli über einem hellblauen Hemd, dessen Kragen eindeutig nicht gebügelt war.

»Doch«, sagte Johanna. Was für eine Frage, dachte sie. Jede Nacht hab ich seither an dich gedacht, und am Tag genauso, im Audi Max und in der Nationalbibliothek, wenn sie über ihren Skripten brütete, aber immer wieder dieses lächelnde Gesicht vor sich sah, das immer den gleichen Satz sagte, aber ich bin doch selber Jude.

»Ich erzähl auch sicher keinen Witz heute«, hörte sie ihn hier und jetzt sagen, bei den Palffys im vierten Stock. »Übrigens, ich bin der Jakob, aber alle sagen nur Kubi zu mir.«

»Ich heiße Johanna«, sagte Johanna. Die drei Mädchen schnitten Grimassen, so ganz subtile, sie blickten für einen Moment zur Salondecke hoch und blähten leicht die Nasenflügel. Jakob, dachte Johanna. Das passt zu dir. Dass du nicht Michi oder Sascha heißt oder irgendwas in die Richtung. Sondern Jakob, das klingt so nach Altem Testament, so nach filterlosen französischen Zigaretten, so nach ... sie stand da und starrte ihn an, er hatte wieder zu sprechen begonnen, über Giacometti.

»Ahh, da bist du ja, ich hab dich schon überall gesucht!« Pia stand wieder neben ihr und nickte Jakob zu: »Servus, Kubi, bist auch da?«

Der tippte sich gegen die Schläfe zum Gruß, Johanna hatte schon wieder Knie wie aus Pudding. Wie selbstverständlich locker der war, wahrscheinlich war sein Vater Hofrat, mindestens, oder Chefdramaturg vom Burgtheater.

»Komm, ich brauch noch was zum Trinken.«

Pia zupfte an ihrem Ärmel, und Johanna ließ sich widerwillig wegzerren von der Gruppe am Fenster. Was weißt du eigentlich über diesen Jakob, wollte sie gerade Pia zuflüstern, da war die schon wieder in ein Geplänkel verwickelt, mit einem jungen Mann in einer zerknitterten Leinenjacke. Johanna fühlte, dass sie langsam müde wurde. Ihr Rücken schmerzte, ihre Mundwinkel schienen ihr wie festgefroren zu diesem angedeuteten Lächeln, das sie nun schon bald zwei Stunden wie eine Stewardess spazieren trug. Sie machte ein paar zögerliche Schritte um den Tisch herum, aber es kam ihr vor, als ob ihr immer nur Rücken zugewandt waren, die Grüppchen und Paare schienen wie Mitglieder eines Klubs, zu dem Johanna das Codewort fehlte.

Ein Mädchen stand plötzlich im Türrahmen, Johanna starrte sie beinahe erschrocken an, so bedauernswert plump und unattraktiv erschien ihr die Neue. Schweinsäuglein in einem pickeligen Gesicht. Braunes Haar, das mit einem Hornreif straff aus der Stirn gekämmt war. Eine weiße Bluse mit aufgestelltem Kragen und ein Minirock aus Schottenkaro, der in der Taille spannte. Aber das Schlimmste waren die Beine, wie Säulen steckten sie in geringelten Strumpfhosen, Johanna musste sich beherrschen, um nicht fassungslos den Kopf zu schütteln über so viel schlechten Geschmack.

Das Mädchen ging dicht an ihr vorüber und schnurstracks auf Jakob zu, es stellte sich auf die Zehenspitzen und küsste ihn auf die Wange, dann flüsterte es etwas in sein Ohr und lächelte verzückt. Jakob lächelte ebenfalls, so als ob ihn soeben eine Elfe gestreift hätte. Johanna starrte auf die Szene und fühlte ihr Herz pochen.

»Das ist die Mafalda«, sagte Pia neben Johanna. »Ihrem Vater gehört praktisch das Land von hier bis zum Balaton. Und der Typ, den sie gerade abschmust, das ist der Kubi. Was genaues weiß man nicht, irgendwie ist der nicht ganz koscher, wennst verstehst, was ich meine, aber auf jeden Fall interessant. Die Mafalda ist total verschossen in ihn, siehst eh.«

Johanna griff nach einer Birne und hielt sich daran fest. Diese fette Hummel Mafalda klebte noch immer an Jakob, als ob sie ein Recht auf solche Intimitäten hätte, und der war natürlich viel zu höflich und liebenswürdig und gut erzogen, um sie von sich zu stoßen. Johannas Herz pochte warm und gleichmäßig, wenn sie sein Lächeln sah.

»Du, ich glaub, ich bleib nicht mehr lang«, sagte Pia. »Der Hubertus und ein paar andere fahren noch raus nach Hietzing, was ist, kommst mit?«

Johanna schüttelte den Kopf. »Nein danke, ich bleib noch kurz da, dann geh ich nach Hause. Morgen muss ich mich endlich wieder einmal in der Vorlesung vom Steidl sehen lassen.«

Pia zuckte mit den Schultern. »Na, wie du willst. Wir sehen uns dann eh in der Bibliothek, also servus, baba.« Sie hauchten sich Küsschen auf die Wangen, dann zog Pia ab. Johanna blieb zurück, sie fühlte sich mit einem Mal so verlassen wie als Kind, wenn ihre Mutter im Kaufhaus »Gerngroß« auf der Mariahilfer Straße die Toilette hatte aufsuchen müssen und sie im Vorraum in der Obhut einer freundlichen Klofrau zurückgelassen hatte. Bloß gab's hier niemanden, der ein Zuckerl aus der Schürzentasche zauberte.

Ich geh jetzt einfach rüber und stell mich dazu, dachte Johanna entschlossen. Direkt neben diese schauerliche Mafalda mit den geringelten Säulenbeinen. Und den Jakob werde ich unergründlich anblicken, bis ihm schwindlig wird, genau das mache ich jetzt.

Sie machte die paar Schritte quer durch den Salon und stieß beinahe gegen die Rothaarige von vorhin, die Rothaarige seufzte tief und laut, Johannas neu erwachtes Selbstbewusstsein erhielt sofort wieder einen Dämpfer. Aber sie hielt tapfer Kurs und dann stand sie endlich in der Gruppe am Fenster, Jakob, Mafalda, zwei der kichernden Mädchen von vorhin und sie selbst am äußersten Rand. Wie die Groupies stehen wir da, dachte Johanna, nach einem Konzert von den Stones in der Stadthalle. Die Ricarda aus ihrer Maturaklasse war angeblich sogar einmal vom Bill Wyman mitgenommen worden ins Hotel, aber das war natürlich die reinste Angeberei, eine wie die Ricarda würde nicht einmal der Karel Gott mit aufs Zimmer nehmen.

»Bei moderner Kunst kriegt mein Vater jedes Mal einen Anfall«, sagte Mafalda gerade, ihre Stimme klang in Johannas Ohren so süßlich wie ein Schaumgebäck vom »Demel«. »Der hält ja schon den Schiele für entartet, ein Bild von dem dürfte bei uns nie hängen, egal wie die Preise gerade steigen. Im Frühstückszimmer haben wir einen Carl Moll, den mag ich ganz gern, so eine Gartenszene, die passt wirklich gut zu den Thonetsesseln, das schaut irgendwie so luftig aus.«

Kotz, würg, dachte Johanna, die redet ja allen Ernstes wie eine Hofdame in den »Sissi«-Filmen. Mafalda, du bist einfach von vorgestern, sieh das endlich ein und lass die Finger vom Jakob.

Jakob legte einen Arm um Mafalda und lächelte so sanft wie im »Hellas«. »Dein Vater ist eben ein Fossil«, sagte er zu Mafalda, »aber sonst ist er doch ganz passabel.«

Mafalda verzog den Mund wie ein unartiges Prinzesschen und stampfte mit einem ihrer geringelten Säulenbeine auf: »Und warum will er mich dann unbedingt zur Tante Helene nach Genf schicken? Wegen der guten Erziehung, ich bitte dich, das darf doch nicht wahr sein, wir leben doch nicht mehr im Mittelalter. Ich fahr jedenfalls nicht, da kann er sich auf den Kopf stellen, ich bleib hier, grad jetzt ...« Und Mafalda schmiegte sich an Jakobs Brust wie ein Küken an seine daunenweiche Mutter, Johanna konnte einfach nicht den Blick abwenden von diesem schleimigen Getue.

»Aber geh, jetzt sei nicht grantig. Komm, da drüben steht die Tessa, die haben wir noch gar nicht begrüßt.« Jakob strich Mafalda über das hamsterbraune Haar und sah über ihren Kopf hinweg in Johannas Augen, ohne Bedauern oder Triumph, einfach so. Dann gingen er und Mafalda eng umschlungen an Johanna vorbei und wurden von Tessa und ihren Freunden mit Gelächter begrüßt, auch die beiden anderen Mädchen hatten sich längst abgewandt, nur Johanna stand noch immer an dem dreiteiligen Bogenfenster, der Blick über die Ziegeldächer bis hin zum Stephansdom war wie von Waldmüller gemalt. Ich will nur weg von hier, dachte Johanna. Ich muss hier raus. Aber wie komm ich bloß an den anderen vorbei? Hoffentlich macht mein Kreislauf nicht schlapp, ich hab auf einmal so zittrige Knie, am besten, ich lass mir kaltes Wasser über die Handgelenke laufen. Sie stakste durch den Raum, Schweißtröpfchen in ihrem Nacken, niemand nahm von ihr Notiz, und dennoch hatte sie ein Gefühl, als ob alle über sie lachten.

Dann stand sie wieder in der gekachelten Gästetoilette, ließ kaltes Wasser über ihre Pulsadern laufen und starrte mit großen Augen in den Spiegel. Das blonde Haar fiel ihr glatt auf die Schultern, ihre Haut war zartbraun von einem ersten Sonnenbad im Stadtpark, ihre Wimpern waren so lang und dicht, dass sogar die ewig nörgelnde Tante Elfi ihr dafür einmal ein Kompliment gemacht hatte. Ich bin doch hübsch, dachte Johanna. Nicht schön, das bestimmt nicht, aber mindestens genauso hübsch wie die ganzen anderen Weiber da drinnen und hunderttausendmal so hübsch wie diese Mafalda. Aber wieso nehmen mich die nicht wahr? Wieso entscheidet sich der Jakob für einen dicken Trampel mit Säulenbeinen? Es klopfte, Johanna drehte rasch das kalte Wasser ab und trocknete sich die Hände mit einem der Gästehandtücher, die in einem Körbchen bereitstanden. Dann öffnete sie die Tür und ging nach draußen und verließ die Wohnung der Palffys, ohne sich noch einmal umzusehen.

II.

Kalt war es im Zimmer. Johanna spürte die Gänsehaut auf ihren Armen prickeln, aber der nackte Jakob neben ihr lag da wie eine Jünglingsstatue im griechischen Frühling, samtig glatt und makellos, wie von einer unsichtbaren Sonne beschienen. Der Jakob kann einfach immer schlafen, dachte Johanna neidisch, nur ich lieg wach in der Nacht und grübel, bis mir der Kopf wehtut. Sie griff nach der Decke und zog sie vorsichtig über Jakobs nackte Hüften, aber der schmatzte unwillig im Schlaf und schob die kratzige Decke wieder weg. Als ob er mich ärgern wollte, dachte Johanna. Als ob er mir wieder einmal vor Augen führen wollte, wie spießig ich bin. Aber es ist ja wahr, am liebsten würd ich aufstehen und aufräumen und putzen, es juckt mich richtig in den Fingern.

Sie sah sich im Zimmer um. Ein altes Porzellanbecken war die einzige Waschgelegenheit, schmutzige Kaffeetassen stapelten sich darin. Auf und unter dem Tisch türmten sich Bücher und Manuskripte, auf den Sesseln lagen unordentliche Haufen von Wäsche und ungebügelten Hemden. Das ganze Zimmer wirkte auf Johanna so wackelig wie ein Berg Mikadostäbchen, sie trat immer nur ganz vorsichtig auf, um nur ja keinen der Türme zum Einsturz zu bringen. Draußen vor den zwei Fenstern setzte gerade der Nachmittagsverkehr ein, am Gürtel, der Hauptverkehrsader der Stadt. In diesem Abschnitt, zwischen dem Westbahnhof und der Stadthalle, galt er außerdem noch als das verrufenste Viertel, hier trippelten die Huren Tag und Nacht auf den schmutzigen Trottoirs und schwenkten ihre Hüften und ihre bonbonfarbenen Handtäschchen, hier waren die Lokale, wo in den Hinterzimmern gepokert wurde und immer wieder Schießereien wie im Wilden Westen stattfanden. Wenn die Mama wüsste, wo ich gerade bin, würde sie auf der Stelle der Schlag treffen, dachte Johanna. Aber zum Glück hat sie ja keine Ahnung, sie denkt, dass ich in der Nationalbibliothek sitze und brav lerne, so ein Studentenleben hat schon seine Vorteile.

Eine Polizeisirene schwoll an und verlor sich wieder, aus dem Espresso im Erdgeschoss drang Kreischen herauf. Jakob schlief so tief und fest wie ein Säugling in seinem Bettchen, Johanna konnte nicht den Blick von ihm abwenden. Der Jakob ist einfach ein Phänomen, dachte sie. Wie macht er das bloß? Da wohnt er hier in so einem schäbigen Zimmer, direkt am Gürtel, eine schlimmere Adresse gibt's gar nicht, und trotzdem finden das alle total schick. Die Pia und die Elsa und die Tessa und der Hubertus und der Gucki und wie sie alle heißen, und natürlich diese grässliche Person, die mit »M« anfängt, aber ihren Namen mag ich nicht einmal denken, alle diese höheren Töchterln und Herren Söhne sind richtig stolz darauf, wenn sie in dieser Bruchbude eingeladen sind und einen Rotwein aus dem Supermarkt trinken dürfen. Dabei hat der Jakob nicht einmal ein Badezimmer, ja nicht einmal das Klo in der Wohnung, man muss rausgehen auf den Gang und wenn man Pech hat, dann ist es gerade besetzt von irgendeinem Nachbarn, einfach schauderhaft. Aber alle finden sie das nur lustig und schick, dabei haben sie daheim sogar noch Dienstmädeln. Aber wenn ich sie zu mir nach Hause einladen würde, Gott behüt, dann würden sie garantiert die Nase rümpfen, weil wir kein extra Speisezimmer haben, sondern meistens in der Küche essen, nur am Sonntag wird der Tisch im Wohnzimmer gedeckt, und über die Vitrine mit dem guten Geschirr würden sich alle amüsieren, ich seh es richtiggehend vor mir.

Jakob schlug die Augen auf, ganz unvermittelt, sie waren so klar, als ob er schon lange wach gelegen wäre. »Na, Hanni«, sagte er, »bist wieder am Grübeln?«

Johanna schüttelte den Kopf. »Ich hab mir nur gerade gedacht ...«, sagte sie, aber Jakob fiel ihr ins Wort. »Du, ich hab so einen Hunger. Gehen wir runter auf eine Gulaschsuppe, na, was haltst du davon?«

Johanna überschlug kurz das Bargeld in ihrer Börse und nickte. »Ja, gern, mir ist eh so kalt.«

»Kalt ist dir, wenn du mit mir im Bett liegst?«, fragte Jakob gespielt empört, dann balgten sie sich auf der durchgelegenen Matratze.

Später saßen sie im »Espresso Rita« und aßen Gulaschsuppe mit Brot und tranken jeder ein kleines Bier dazu. Die Vorhänge waren gelbbraun vom Rauch, die Bierdeckel fleckig. Am Nebentisch spielten Männer Bauernschnapsen, sie knallten die Karten auf die Resopalplatte und stritten und schimpften. »Darf's noch was sein?«, fragte Frau Rita und lächelte Jakob verführerisch an. »Nein, danke, nur die Rechnung, bitte«, sagte Jakob, und zu Johanna gewandt: »Nein, lass dein Geld stecken, heute bist eingeladen.«

Johanna saß da und fand die Welt einfach wunderbar. So aufregend, so vielversprechend, sogar ihre ewig kalten Zehen fühlten sich warm an. »Nett ist es hier«, sagte sie. »Am Anfang war ich ja ein bisserl schockiert, aber jetzt finde ich es richtig gemütlich. Gehst auch mit den anderen hierher? Ich meine, also, zum Beispiel, na ja, zum Beispiel die Mafalda, war die auch schon da?«

»Geh, du Tschapperl«, sagte Jakob und knüllte den Zettel mit der Rechnung zu einem Kügelchen. »Die Mafalda kann ich doch nicht in so ein Loch ausführen.«

❦

Plopp, machten die Flügeltüren, plopp, plopp. Johanna liebte diesen Sitzplatz gleich am Eingang zum großen Lesesaal der Nationalbibliothek. Studenten gingen ein und aus und balancierten Bücherstapel vorbei, ab und zu kamen auch ältere Herrschaften, Wissenschaftler oder Universitätsprofessoren im Ruhestand, die von der Saalaufsicht ehrerbietig mit einem Kopfnicken begrüßt wurden. Wenn die Dämmerung hereinbrach, dann flammten die Lampen an den Tischen auf, jeder Leser saß dann wie auf seinem eigenen Inselchen, manche schrieben eifrig, andere waren in ihr Buch vertieft, wieder andere starrten in die Luft oder kritzelten gedankenverloren Girlanden auf ein Blatt Papier.

Johanna saß vor ihrem aufgeschlagenen Skriptum, »Das Individuum und seine Übersteigerung«, Germanistikvorlesung von o. Universitätsprofessor Dr. Arthur Steidl. Wenn ich nicht bald wirklich konzentriert zum Lernen anfang, dachte sie, dann brauch ich zur Prüfung gar nicht erst antreten, aber ohne die Prüfung beim Steidl ist es Essig mit einer Aufnahme ins Dissertantenseminar, dann war die Arbeit von zwei Jahren umsonst, das kann ich der Mama und den Großeltern einfach nicht antun, wo sie doch so stolz auf mich sind. Sie beugte sich über das Heft, aber es war wie verhext, Jakob, dachte sie, Jakob, Jakob. Ob ich in dem vierundzwanzigbändigen Brockhaus dort hinten an der Wand das Wort »Hörigkeit« nachschlagen soll? Obwohl, Hörigkeit, das hat doch mit Sex zu tun, glaub ich jedenfalls. Und Sex, also der Sex mit dem Jakob, also, ich weiß nicht so recht, ich hab ja nicht allzu viel Erfahrung, aber ich glaube, deswegen tut mir nicht das Herz so weh. Weshalb dann, dachte Johanna. Bin ich vielleicht nur eifersüchtig? Auf was? Auf wen?

Vorige Woche hatte sie den Onkel Gerhard nach Mafaldas Vater gefragt, ganz nebenbei. Der Onkel Gerhard war als Schriftsetzer so was wie ein wandelndes Lexikon, der Name von Mafaldas Familie war ihm wohlbekannt gewesen. Reich waren die immer, hatte der Onkel Gerhard gepoltert, aber der Herr Baron ist mit Arisierungen noch ein bisserl reicher geworden, da gibt's ganz üble Geschichten rund um diese Papierfabrik im Traisental, und nach '45 hat er mit den Schiebern gemeinsame Sache gemacht, natürlich in großem Stil, da ist es nicht um ein paar läppische Stangen Zigaretten oder ein paar Flaschen Kognak gegangen, ja, so schauen sie aus, die sogenannten Spitzen der Gesellschaft in unserem Land, zum Speiben ist das. Der Onkel Gerhard hatte sich kaum beruhigen können, aber Johanna war es auf einmal so leicht zumute gewesen. Die arme Mafalda, wenn das mit den Arisierungen der Jakob wüsste, ob er dann immer noch so nett von ihrem Vater reden würde?

Plopp, machte die Flügeltür zum Lesesaal.

Was wohl mit Jakobs Eltern und Familie passiert ist, dachte Johanna, die müssen ja Schreckliches durchgemacht haben während dem Krieg, nie will er darüber sprechen, Jakob, verzeih mir, dass ich so eine unsensible Gans bin, die immer Fragen stellt. Sie blätterte durch das Skriptum. Fast dreihundert Seiten bis nächste Woche, dachte sie, ich muss lernen, nur so kann ich mir den Respekt vom Jakob verdienen, er ist manchmal so zynisch, dass es richtig wehtut, aber irgendwann werde ich ihm gewachsen sein, dann wird alles gut und wir werden lachen können über die Kindereien am Anfang unserer Beziehung. Und die Mafalda werde ich ganz freundlich grüßen, wenn wir uns das nächste Mal begegnen, die kann ja wirklich nichts für ihren Vater. Und sie beugte sich über die Seiten des ersten Kapitels, wild entschlossen, das lächelnde Gesicht, das durch ihren Kopf tanzte, zu ignorieren.

※

Pia blies kunstvolle Ringe aus Zigarettenrauch in die Luft, Johanna beneidete sie glühend um dieses Talent. Sie saßen in der Cafeteria im Keller der Nationalbibliothek, einem trostlosen Raum, der von Neonleuchten bestrahlt wurde. Wie in einem dieser Verhörkammerln aus den Fernsehkrimis, dachte Johanna, wo der Kommissar hinter einer Spiegelwand alles verfolgt. Aber wer sollte uns hier schon belauschen wollen, hier verbringen doch nur langweilige Streber ihre Mittagspause und essen ein Mayonnaiseei.

»Komm, sei nicht fad und rauch eine mit«, sagte Pia und hielt Johanna das Päckchen hin. Johanna zog eine Stuyvesant heraus und nahm sich Feuer, sie sogen beide genüsslich den Rauch ein und saßen dann da und streiften die Asche ab.

»Wie geht's dir?«, fragte Pia.

»Bestens«, sagte Johanna. »Die Arbeit über den Nietzsche hab ich fast fertig, ich zeig sie dir nächste Woche, vielleicht fallt dir noch was ein, der Steidl legt ja Wert auf originelle Gedankensprünge, na, weißt eh.«

»Scheiß auf den Nietzsche«, sagte Pia. »Manchmal denk ich mir fast, diese Maoisten und Trotzkisten und wie sie alle heißen, also die haben irgendwie recht. Wen interessiert schon dieses ewige Gewäsch über die Vergangenheit, wer weiß, vielleicht fliegen du und ich noch einmal auf den Mond, unserer Generation ist doch alles zuzutrauen, meinst nicht?«

»Schon«, sagte Johanna, es klang nicht recht überzeugt. »Aber die Vergangenheitsbewältigung ist doch auch wichtig, denk doch nur an unsere jüngste Geschichte, wir wissen gar nichts, und wenn wir Fragen stellen, dann ...«

»Geh, hör mir auf damit«, sagte Pia fast wütend. »Ich weiß, du hast diesen Onkel, von dem du mir erzählt hast, und dein Opa war im Widerstand. Aber in meiner Familie waren auch nicht alle Nazis, eine Tante von mir war Nonne, die hat ihr Leben riskiert und Juden geholfen und falsche Pässe besorgt. Aber was wissen du und ich, wie wir uns damals verhalten hätten? Glaubst du wirklich, dass wir zwei Heldinnen gewesen wären?«

»Nein, natürlich nicht«, sagte Johanna. »Das kann man doch nicht von sich selbst behaupten.« Sie war betroffen über die Heftigkeit, mit der Pia gesprochen hatte.

»Wie geht's dem Kubi?«, fragte Pia, Johanna zog scharf die Luft ein, so unvermittelt traf sie dieser Satz.

»Gut«, sagte sie und stibitzte sich eine weitere Zigarette, nur um Zeit zu gewinnen. Pia sah ihr zu, wie sie ein Streichholz entfachte und wieder ausblies, ihren ersten Zug inhalierte. »Gut«, sagte Johanna. »Danke der Nachfrage.«

»Du weißt schon, dass es auch Männer gibt, die sich nach oben schlafen?«, fragte Pia und sah Johanna an, so harmlos, als ob sie nach der Uhrzeit gefragt hätte. Johanna fühlte, wie ihre Wangen brannten. Wie meinst du das, hätte sie am liebsten gefragt, in schneidend-aggressivem Ton, aber dann fehlte ihr doch der Mut dazu.

»Ich hol uns noch eine Melange«, sagte Johanna und stand auf.

»Jö, du bist ein Schatz«, sagte Pia. »Aber für mich ohne Schlagobers, weißt eh, ich bin auf Diät.«

❦

Sie gingen durch die Innenstadt, Johanna fühlte sich warm und beschwingt. Auf dem Christkindlmarkt hatten sie Tee mit Schnaps getrunken und Schmalzbrote mit Zwiebelringen dazu gegessen, anschließend noch zwei Schaumbecher mit Schokoladenüberguss und heiße Maroni. Hoffentlich wird mir nicht schlecht, dachte Johanna. Jetzt fängt es auch noch zu schneien an, so viel Glück tut fast weh. Sie drückte Jakobs Arm und der lächelte zurück, sein dunkles Haar kringelte sich unter der grob gestrickten Wollmütze aus dem »America Latina«. Wie ein Hirte aus den Anden schaut er aus, dachte Johanna, aber sie sagte es nicht laut. Jakob reagierte oft so überempfindlich, schon mehrmals hatte ein harmloses Wortgeplänkel in tagelanger Funkstille zwischen ihnen geendet. Aber Jakob war zum Glück immer wieder aufgetaucht, wie zufällig stand er dann plötzlich neben ihr auf der Uni oder im »Hellas«, ein einziges Mal hatte er sogar bei ihr zu Hause angerufen, Johanna war dies wie der ultimative Liebesbeweis erschienen. So ein höflicher junger Mann, hatte ihre Mutter beeindruckt gesagt, die das Gespräch entgegengenommen hatte, und Johanna war beinahe zerflossen vor Wonne über diese neue, ernsthafte Wendung in ihrer Beziehung.

Sie bogen von der Freyung in die schmale Naglergasse ein, Laternen beleuchteten die Häuserfronten aus dem Biedermeier. Genauso muss es hier vor hundert Jahren ausgeschaut haben, dachte Johanna. Oder unter der Kaiserin Maria Theresia, obwohl damals hätten wir ganz bestimmt nicht so eng umschlungen gehen dürfen, der Jakob und ich, die Maria Theresia, also das war doch die mit dieser Keuschheitskommission. Und was die armen Leute damals wohl angehabt haben in so einem kalten Winter, ganz dünne Schuhe vermutlich und einen Umhang aus Wolle, die müssen doch ständig verkühlt gewesen sein. Sie seufzte ganz leise vor Wohlbehagen, weil sie sich so warm und geborgen fühlte in ihrem dunkelblauen Dufflecoat, dann streckte sie die Zungenspitze aus dem Mund und haschte nach einer riesigen Schneeflocke, die so langsam wie eine Qualle herniederschwebte.

Jakob sah sie an und lachte: »Na, du kleine Schickse, du.«

Johanna spürte plötzlich die Kälte unter ihren Dufflecoat kriechen. Ich mag nicht, wenn du mich so nennst, hätte sie am liebsten gesagt, laut und wütend, aber sie schluckte ihren Zorn hinunter wie einen zu großen Bissen, an dem man lange würgt. Jakob lächelte sie noch immer an,

67

so als ob er ihr ein ganz besonders liebevolles Kompliment gemacht hätte, und Johanna lächelte tapfer zurück. Ich darf nicht so angerührt sein, dachte sie, der Jakob meint das nicht böse, Schickse bedeutet eine nicht jüdische Frau, das hab ich doch sogar im Lexikon nachgeschlagen, und das bin ich ja auch, also warum gibt es mir jedes Mal einen Stich, wenn er mich so nennt, ich bin eben eine Gans, wenn ich lässig und locker wär, dann könnt ich mich darüber amüsieren.

So kamen sie ans Ende der Naglergasse und der Graben lag vor ihnen, der Schnee blieb schon liegen und überzog Pflaster und Laternen und die Nerzkappen der Damen wie mit weißem Puder. Vor der Pestsäule war ein hölzernes Häuschen aufgebaut, ähnlich einer Almhütte in Tirol oder dem Knusperhaus von Hänsel und Gretel. Hier wurde jedes Jahr vor Weihnachten wohltätiger Punsch ausgeschenkt, von den Rotariern oder den Kiwanis oder den Maltesern, Johanna kannte sich bei den Unterschieden zwischen all diesen Organisationen nicht wirklich gut aus, der Onkel Gerhard war jedenfalls beim Arbeitersamariterbund. Menschentrauben standen vor der Punschhütte, die meisten trugen Nerz oder grüne Lodenmäntel, ein scharfer Geruch nach heißem Wein und Schnaps zog sich bis hinüber zur Dorotheergasse. Sie schlenderten darauf zu, Johanna drückte ihr kaltes Kinn tiefer in den karierten Schal, den sie um ihren Hals gewickelt trug.

»Kubi, grad haben wir über dich geredet, man sieht dich ja gar nicht mehr. Bist ausgewandert oder was?«

Ein junger Mann stand vor ihnen, seine Backen waren so rot wie Äpfel, sein blondes Haar war voller Schneeflocken, er trug einen braunen Janker und Cordhosen. Also, der passt gut hierher, dachte Johanna, der schaut ja aus wie ein Förster. »Noch nicht«, sagte Jakob. »Wiest siehst, bin ich noch immer da. Das ist die Johanna, übrigens, und das ist der Tassilo.«

Tassilo, dachte Johanna, also, ich hab immer geglaubt, das ist ein Hundename. Aber sie sprach diesen wenig freundlichen Gedankengang natürlich nicht aus, sondern lächelte dem jungen Mann mit den Apfelbacken zu: »Hallo, servus.«

»Wisst's was, ihr bleibt's da stehen und ich hol uns noch eine Runde Orangenpunsch, der ist wirklich nicht ohne«, sagte Tassilo und wartete ihrer beider Antwort gar nicht erst ab, sondern stellte sich sofort in der Warteschlange an.

»Der Tassilo«, sagte Jakob beinahe versonnen. »Nix im Hirn, aber ein netter Kerl. Seinem Vater gehört diese Glasfabrik, Bloch und Berger, weißt eh.«

Tassilo kam zurück, er trug drei dampfende Pappbecher zwischen den gespreizten Fingern und schnitt Grimassen: »Gschwind, nehmts euch, das ist vielleicht heiß!«

Dann schlürften sie einträchtig den Orangenpunsch, sein Aroma kitzelte in Johannas Nase. Die Geschäfte am Graben waren festlich erleuchtet, Girlanden aus Tannenreisig hingen quer über dem eleganten Platz. Eigentlich sollte ich ja zu Hause sein und lernen, dachte Johanna, wenn ich weiter so bummel, dann verlier ich noch ein Semester, aber sie schob diesen unerfreulichen Gedanken entschlossen von sich und kippte den Pappbecher, um auch den letzten Rest zu erhaschen. Das Leben ist einfach eine Wonne, seit ich mit dem Jakob zusammen bin, dachte sie, ich lern so viele Leute kennen, plötzlich krieg ich mit, was in dieser Stadt wirklich los ist, wer wichtig ist, was hab ich nur bisher für ein Maulwurfsdasein geführt. Und sie strahlte den netten Kerl Tassilo an, der gerade mit einer weiteren Runde aufgetaucht war. Ein älterer Herr blieb stehen, er trug einen dunkelgrünen Lodenmantel, aber keinen Hut, der Schnee verlieh seinem silberweißen Haar ein fast überirdisches Glänzen.

»Servus, Onkel Johannes«, sagte Tassilo. »Na, vergönnst dir auch einen Punsch, der ist noch besser als der Grog von unserem Leo, oder probierst lieber einen Jagatee?«

Der ältere Herr ließ seinen Blick über die angeheiterten Grüppchen vor der Punschhütte schweifen, er wirkte ein wenig indigniert, obwohl er keine Miene verzog. »Vielen Dank, aber ich muss gleich weiter. Wie geht's denn so mit deinem Studium?«

Tassilo grinste ein wenig schief. »Ach, komm, lass uns über was anderes reden. Das ist der Kubi, ein Freund von mir, und das ist die, äh, die Freundin vom Kubi, also, wir wollten grad ...«

Er wurde von seinem Onkel unterbrochen. »Schon gut. Sag bitte deinem Vater, dass es geklappt hat mit den Karten für die Osterfestspiele. ›Die Meistersinger‹, mit dem Karajan. Ich habe alle meine Beziehungen spielen lassen, um die noch zu bekommen.« Onkel Johannes stand da und wirkte mit einem Mal ziemlich selbstzufrieden.

Johanna starrte in sein Altherrengesicht, das von einer Narbe quer über die linke Wange geziert wurde, sie spürte plötzlich eine solche Hitze ihren Hals hochkriechen, dass es sie unter dem Dufflecoatkragen zu jucken begann. »Der Karajan hat im Jahr 1941 an der Pariser Oper das Horst-Wessel-

Lied dirigiert«, sagte Johanna. »Das weiß niemand, es wird ja auch nie was darüber geschrieben oder berichtet. Ich weiß das auch nur zufällig von meinem Onkel.«

Stille senkte sich über ihre Gruppe, nur ein paar Schritte weiter kreischte eine Frau, der Punsch hier war wirklich ziemlich stark. Tassilo wippte auf seinen Fersen, er sah eher unbehaglich drein. »Ja, ich glaube, wir müssen dann«, sagte Tassilo. »Wir wollten ja noch ins Hawelka, ich brauch dringend ein Paar Würstel, oder vielleicht gibt's sogar frische Buchteln, wir sollten besser ...«

»Ich bring die Johanna vorher noch zum Taxi«, sagte Jakob, der die ganze Zeit über kein Wort gesprochen hatte. Nanu, dachte Johanna, zu welchem Taxi, ich hab geglaubt, wir bummeln noch durch die Kärntner Straße.

»Also dann, schönen Abend allerseits«, sagte der Onkel vom Tassilo, er stand für einen Augenblick kerzengerade da, dann verschwand er im Trubel der Schneeflocken, eine hohe Gestalt mit silbrig weißem Haar, wie der Zauberkönig aus einem Raimund-Märchen.

Jakob fasste nach Johannas Arm. »Ich komm dann nach«, sagte er zu Tassilo, der wirkte noch immer ein wenig verdutzt, aber er fing sich rasch und lächelte strahlend höflich: »Also dann, bis gleich.« Und Johanna nickte er ebenso strahlend zu: »Servus!«

Jakob zerrte sie regelrecht weg, so erschien es jedenfalls Johanna, sie empfand seinen Griff als wenig zärtlich. »Was ist denn los?«, fragte sie, ihre Stimme klang ängstlich und ärgerlich zugleich.

»Was los ist?« Jakob wirkte so wütend, dass ihr ganz kalt wurde. »Musst du dich eigentlich ständig wichtig machen?

Musst du dich und mich jedes Mal blamieren? Ich werd mich jedenfalls hüten, dich noch einmal irgendwohin mitzunehmen oder dich irgendjemandem vorzustellen, besten Dank!«

Johanna fühlte ihr Herz klopfen. »Aber ich habe mir gedacht, dass ... also, ich versteh einfach nicht, du bist doch selber ... also, wieso willst du nicht, dass ich ...«

Sie waren am Taxistandplatz gleich neben dem Stephansdom angekommen, wo tagsüber die Fiaker auf Touristen warteten. Jakob blieb neben dem ersten Wagen stehen, sein Atem dampfte Wölkchen in die eisige Luft. »Du lieber Himmel, musst du immer so prinzipiell sein? Kannst du nie etwas locker nehmen? Musst du immer auf heilige Johanna machen?«

Und Jakob drehte sich um und ließ sie einfach stehen und ging über den Stephansplatz zum Graben zurück, wo der Tassilo und die anderen höchstwahrscheinlich schon im »Hawelka« mit frischen Buchteln auf ihn warteten. Johanna stand da und sah ihm nach, dann bemerkte sie den Taxichauffeur, der den Wagenschlag für sie geöffnet hatte. Sie schüttelte verlegen den Kopf und ging rasch davon. Ich kann mir doch gar kein Taxi leisten, dachte Johanna. Und der Jakob weiß das auch. Aber wahrscheinlich ist es ihm peinlich, dass er so eine armselige Freundin hat.

Dann ging sie langsamer durch die Wollzeile zum Lueger-Platz hinunter. Sie würde die Linie 1 nehmen und dann in den 40er nach Währing umsteigen. Gut, dass ich nicht ins »Hawelka« mitgegangen bin, dachte Johanna trotzig. So krieg ich wenigstens noch die Straßenbahn.

III.

Manche Leute können jede Woche Mahler oder Beethoven im Musikverein hören und bleiben trotzdem Arschlöcher. Da sind mir diejenigen lieber, die der Klofrau im »Landtmann« höflich zunicken und einen Euro auf den Teller legen.

Warum denk ich mir das bloß, dachte Johanna. Weil ich grad unten an der Klofrau vorbeigegangen bin? Ich hab ihr allerdings auch keinen Euro auf den Teller gelegt, sondern nur fünfzig Cent. Aber wie die Herren mit den spiegelblank geputzten Schuhen da immer vorbeihasten, als ob sie auf dem Weg zu einem Aktiendeal in Millionenhöhe wären und sich nicht gerade um ein läppisches Trinkgeld drücken würden. Ja, von den reichen Leuten kann man's Sparen lernen, das hatte der Onkel Gerhard immer gesagt. Wie lange war der jetzt schon tot? Neun Jahre? Oder waren es elf? Im Rechnen bin ich nie gut gewesen, dachte Johanna. Aber im Erinnern, da war ich immer eine Spitzenkraft. Deshalb sitz ich ja auch wie ein blasser Wurm im Zentralarchiv der Rechtsabteilung vom Justizministerium und verwalte Akten, nach denen alle paar Jahre jemand fragt. Und bin eben nicht Pressesprecherin vom Industriellenverband geworden, so wie die Elsa. Oder Antiquitätenhändler, so wie der Jakob. Oder Gattin vom Alfons, so wie die Pia. Obwohl, Gattin sein, das gilt heutzutage ja nicht einmal mehr in den sogenannten besseren Kreisen als Job, sogar da muss man sich wenigstens ein bisserl um asthmakranke Kinder kümmern.

Warum bin ich eigentlich hierhergekommen, dachte Johanna. Ins »Landtmann« geh ich doch ganz selten, auch der Jakob hat es nie gemocht. Da sitzen doch nur die ganzen Lemuren aus dem Parlament und vom Burgtheater, hat er geschimpft. Dabei ist er immer bereit gewesen, sich dazuzusetzen zu den sogenannten Lemuren, dachte Johanna. Und auf einmal hat er dazugehört und ich bin draußen geblieben und hab ihn nur mehr sehnsüchtig aus der Ferne bewundern dürfen, so wie ein Kind durch Gitterstäbe schaut. Aber das ist doch Schnee von gestern, dachte Johanna, komm, vergiss es. Sie lächelte dem Kellner zu, der gerade ein Tablett mit Sektgläsern vorbeibalancierte, und bestellte sich noch ein Achtel Zweigelt.

Die entlaubten Zweige der Bäume vom Rathauspark waren behängt mit Christbaumschmuck und Lichterketten, eine Bahn voll quietschender Kinder tuckerte durch den Schnee, an den Standeln wurden Punsch und heiße Maroni und Zuckerwatte verkauft. Damals war auch gerade der Christkindlmarkt, dachte Johanna, wie ich zum letzten Mal so schön mit dem Jakob spazieren gegangen bin. Dann haben wir am Graben diesen Tassilo und seinen Onkel getroffen, wie hat der noch geheißen, na, auch egal, und von da an war alles anders und alles ist den Bach runtergegangen. Der Jakob hat auf einmal so eine kalte Distanz zu mir gehalten, als ob ich die Krätze gehabt hätte. Dafür hab ich zwei Monate später von der Pia ganz im Vertrauen erfahren, dass er und die Mafalda sich heimlich verlobt haben, ich hab einen richtig hysterischen Lachkrampf im großen Lesesaal der Nationalbibliothek bekommen, der armen Pia ist das total peinlich gewesen. Verlobt mit der erzkatholischen Mafalda, die bei den Ursulinen in die Schule gegangen ist, dabei hat er zu mir einmal gesagt, dass die

Mutter seiner Kinder dem jüdischen Glauben angehören muss, so leid ihm das auch tut. Und ein halbes Jahr später haben sie dann geheiratet, der Vater von der Mafalda soll ja getobt haben wie ein Berserker, aber da war nichts mehr zu machen, also hat er die Krot schlucken müssen. So ist das damals gewesen, dachte Johanna. Aber wieso war die Mafalda eigentlich keine Schickse? Irgendwann werd ich den Jakob danach fragen. Hier sitz ich und denk an die alten Zeiten, als ob alles erst vorgestern passiert wäre, nur weil es draußen schneit und weil wieder Christkindlmarkt ist und ich schon mein zweites Achtel Zweigelt trink auf leeren Magen.

Und dann hab ich mir den Willi angelacht, dachte Johanna, aus lauter Verzweiflung. Der ist mir aufgefallen, weil er in der Pause vom Dissertantenseminar diesen blöden Witz gemacht hat. Mein Vater hat sich sein ganzes Leben lang nach oben geboxt, hat der Willi erzählt, hat gerackert und sich weitergebildet. Und am Schluss war er Gleisarbeiter im Burgenland. Dann hat der Willi gelacht, und nur ein paar ganz Tapfere haben mitgelacht, eine davon war ich. Wegen diesem bösen Witz – der ja gar kein Witz war, wie sich später herausgestellt hat, sondern die simple Wahrheit über das Leben vom Vater vom Willi – bin ich ein paar Tage später mit dem Willi ins Bett gegangen. Und dann waren wir jahrelang zusammen, manchmal haben wir sogar vom Heiraten geredet, so im Spaß halt. Heute sitzt der Willi in der burgenländischen Landesregierung und wenn er einen Witz macht, dann klopfen sich alle ganz begeistert auf die Schenkel, egal wie flau der Witz ist, obwohl der Willi hat eigentlich nie einen flauen Witz erzählt. Und verheiratet ist er auch, seine Frau ist Lehrerin, sehr nett, ich hab sie einmal getroffen in Schönbrunn beim Spazierengehen, und ein Kind haben sie damals auch schon gehabt. Nur ich hab nie geheiratet, dachte Johanna. Ob ich wohl heute Kinder hätte, wenn ich jüdisch gewesen und dem Jakob gut genug gewesen wäre?

»Darf's noch ein Glas sein, gnädige Frau?«

Der Kellner stand neben ihr, er lächelte freundlich und ohne jede Häme auf sie hinab, in diesem Job kennt man sich wohl aus mit einsamen Frauen, dachte Johanna. Sie schüttelte den Kopf: »Vielen Dank.«

Dann bezahlte sie die Rechnung und legte sich einen Euro für die Garderobenfrau zurecht.

※

Wer durch die Welt kommen will, der muss sich krümmen. Dieser Spruch ist damals unter einem Gemälde gestanden, bei dieser Ausstellung über Flämische Malerei im Kunsthistorischen Museum, dachte Johanna. Und ich hab gleich an den Jakob denken müssen. Der hat zwar immer so zynisch und überlegen getan, aber in Wirklichkeit ist er total geil auf Anerkennung von den Reichen und Schönen gewesen. So wie der Thomas Bernhard. Der ist auch zu Ruhm und Ansehen gekommen mit seinen Tiraden gegen die feinen Leut, aber privat hat er gelebt wie ein Möchtegern-Gutsherr und ist herumgelaufen in der Krachledernen. Und heute erzählt jede zweite Kulturredakteurin, dass sie mit ihm im »Bräunerhof« gesessen ist und einen Topfenstrudel gegessen hat und seine engste Vertraute gewesen ist. Also, ich find, irgendwie geschieht ihm recht, posthum wenigstens, so was nennt man doch ausgleichende Gerechtigkeit, ob die wohl irgendwann auch dem Jakob widerfährt?

Sie ging am Denkmal von Maria Theresia und ihren Beratern vorbei, die Abendsonne übergoss die Kaiserin mit einem orangen Glühen. Sechzehn Kinder hat die gehabt, dachte Johanna, ein Wahnsinn. Ohne Ultraschall und moderne Geburtshilfe, und hauptberuflich hat sie ein riesiges Reich regiert und Kriege geführt gegen Friedrich den Großen, und ein paar davon sogar gewonnen.

Sie überquerte die Ringstraße, Radler flitzten vorüber, Touristen drängten sich um ihren Führer, der einen Schirm in die Höhe hielt. Führer, dachte Johanna, das ist auch so ein Wort, das man nicht mehr benutzen kann. Aber schön ist der Heldenplatz, so wunderschön. Der Hitler hat da geredet, und viele Jahre später der Elie Wiesel bei dieser Riesendemo gegen Ausländerfeindlichkeit, aber man wird sich immer nur an den Hitler erinnern, da hilft kein Exorzismus.

Das ist mein Problem, dachte Johanna. Dass mir die Gedanken ständig durch den Kopf flitzen, so wie Silberfischchen in der Küche, wenn ich wieder einmal nicht aufgewischt hab unter den Kasteln und in den Besteckladen. Da vorne bin ich doch damals in den Jakob hineingelaufen, direkt vor dem »Café Griensteidl«. Er ist schon fast ein halbes Jahr lang mit der Mafalda verheiratet gewesen und ich hab mir gerade was mit dem Willi angefangen gehabt. Ich hab geglaubt, mein Herz hört auf zu schlagen. Der Jakob ist stehen geblieben und hat mich nur angegrinst. »Na, wir haben uns ja rasch getröstet«, hat er gesagt, und mir ist einfach nichts eingefallen auf diese Ungeheuerlichkeit.

Später hab ich mir dann allen Ernstes eingeredet, dass dieser Satz doch eigentlich ein Liebesbeweis gewesen ist, weil sich der Jakob offenbar immer noch über mein Leben informiert hat. Mein zersplittertes Leben, dachte Johanna. Ante Jakobus, post Jakobum. Wann fährt der endlich zurück zu seiner Pippa, ich möchte wieder in der Stadt unterwegs sein können ohne dass ich an jeder Ecke in ihn hineinlaufen könnte, hau ab, Jakob, verschwinde und komm nie wieder. Und sie legte einem Straßenmusikanten eine Münze in den Akkordeonkoffer, so verschämt wie der Onkel Gerhard immer eine Kerze in der Kapelle am Kahlenberg angezündet hatte. Wenn's nix nützt, dann schadet's wenigstens auch nix, hatte er dazu immer gesagt. Johanna steckte ihre klammen Hände in die Manteltaschen und senkte den Kopf gegen den Wind. Dann bahnte sie sich ihren Weg über den Kohlmarkt.

IV.

Sie stand im Erker und sah auf die Grillparzerstraße hinunter. Dieses Viertel hinter dem Rathaus hab ich immer als so besonders düster empfunden, dachte Johanna. Aber die Häuser sind natürlich hochherrschaftlich und die Wohnungen grad richtig für Nachmittagstees oder Cocktails vor einer Premiere im Burgtheater. Sie wandte sich wieder zum Raum um und dem Gelächter und den Stimmen zu. Gut schaut die Pia aus, dachte Johanna, richtig zufrieden, dabei hat sie nicht einmal zu Ende studiert, weil sie doch vom Alfi schwanger geworden ist. Das war vielleicht ein Tamtam, aber für die Pia ist eine Abtreibung natürlich nicht in Frage gekommen, so was von katholisch, wie die war und ganz bestimmt immer noch ist. Lieber hat sie sich vom Alfi heiraten lassen, obwohl der damals doch als der ärgste Hallodri gegolten hat. Und offenbar hat sie damit genau aufs richtige Pferd gesetzt, dem Alfi scheint es jedenfalls nicht geschadet zu haben, dass er vor einem Vierteljahrhundert in Latein durchgefallen ist, irgendwie scheint der die Kurve gekriegt zu haben, man braucht sich ja nur in der Wohnung umzuschauen, alles Jugendstil und ein bisserl moderne Kunst dazwischen, nicht einmal schlecht, eigentlich sogar richtig schick, und die Pia geht herum und strahlt, nur älter ist sie halt geworden, aber sind wir das nicht alle?

Sie biss in ihr Blini mit Lachs und Sauerrahmklecks und lächelte dem philippinischen Aupairmädchen zu, das hochstielige Gläser mit Champagner herumreichte. Das war eine richtig nette Idee von der Pia, zu Ehren vom Jakob so einen kleinen Empfang zu geben, dachte Johanna. Ich muss die alten Kontakte wieder mehr pflegen, eigentlich sind sie doch alle recht nett gewesen, aber ich hab mich damals so abrupt zurückgezogen, nur mit der Pia und ihrem Kleinen bin ich noch ab und zu im Prater spazieren gegangen. Die Pia hat mich zwar nie so richtig getröstet, aber irgendwie hab ich trotzdem das Gefühl gehabt, sie weiß, wie mir zumute ist. Ich werd mal rübergehen und mich für die Einladung bedanken.

Sie stellte das leere Champagnerglas auf einem Tischchen ab und strich sich die Haare aus dem Gesicht. Jakob kam auf sie zu, aber Johannas Herz schlug gleichmäßig im Takt, es kam ihr wie ein Triumph vor.

»Na, gibt uns die heilige Johanna die Ehre?«

Na, sind wir ein bisschen betrunken, dachte Johanna. Dabei hat der Jakob doch früher jeden unter den Tisch gesoffen, das war auch so eine Eigenschaft, mit der man hat punkten können beim Jägerball und am Würstelstand neben der Oper.

»Ich glaub, ich bleib nimmer lang«, sagte sie. »Wir werden uns ja wahrscheinlich nicht mehr sehen, wann fährst du zurück?«

Jakob schwenkte ein unsichtbares Glas, eine Locke fiel ihm in die Stirn, er trug das Haar jetzt länger als früher, aber noch immer ist es so dunkel wie damals, dachte Johanna, also entweder ist der Jakob ein Naturphänomen, oder die Tönung ist wirklich exzellent gemacht.

»Jaja, das Davonlaufen war schon immer deine Spezialität«, sagte Jakob. »Und die Tugendhaftigkeit. So hat jeder seine Vorzüge. Wenigstens bist nicht eine von diesen kulturbeflissenen Landpomeranzen, über die man hier überall stolpert. Oder eine von diesen guten Frauen, die seit neuestem ständig die katholische Kirche erneuern möchten, das kommt mir ungefähr so sinnvoll vor, als ob Juden die SS hätten reformieren wollen. Was hast du mich gefragt?«

»Ach, vergiss es«, sagte Johanna. »Aber was ganz anderes würd ich gerne wissen, es ist mir grad so eingefallen. Wieso hast du eigentlich die Mafalda geheiratet? Ist die zu deinem Glauben übergetreten? Du bist doch Jude!«

Jakob sah sie an, so spöttisch, dass die Fältchen um seine Augen fast schon wieder zärtlich wirkten.

»Geh, Hanni, du Tschapperl«, sagte Jakob, »wie kommst denn darauf. Das hab ich doch nur gesagt, weil das diesen ganzen Schnöseln damals imponiert hat mit ihren Nazivätern. Für die war ich richtig exotisch, verstehst du, heutzutag würd man wahrscheinlich Quotenjud sagen. In Wirklichkeit bin ich ja sogar Ministrant gewesen bei uns zu Haus in Steyr. Na, findst das nicht saukomisch?«

»Doch«, sagte Johanna. »Schon irgendwie.«

»Du, ich hol mir noch was zum Trinken«, sagte Jakob. Er schlenderte davon und Johanna sah ihm nach. Seltsam, dachte sie, im Kino muss ich bei großen Gefühlen immer heulen, wenn der Finger vom E. T. zum Glühen anfängt oder die Maria Andergast »Mariandl« singt. Aber im richtigen Leben kommt man sich nur lächerlich vor statt tragisch. Ob ich dem Aupairmädel ein Trinkgeld zustecken soll? Und sie begann in ihrer Handtasche zu kramen.

Eisprung

Gottfried ist ein guter Mensch. Glasflaschen sammelt er in einer Tragetasche aus braunem Recyclingpapier, die kleinen kantigen vom kaltgepressten Olivenöl, die großen bauchigen vom Veuve Clicquot. Jede Woche schleppt Gottfried die volle Tasche zum Glascontainer und wirft gewissenhaft Flasche um Flasche ein, vorzugsweise an einem Sonntagmorgen, kurz nach acht Uhr in der Früh. Wenn die Schönbrunner Straße dann wachgeklirrt ist, spaziert Gottfried weiter, ein engagierter Bürger, ein umweltbewusster Erfolgstyp.

Außerdem schreibt Gottfried Bücher, sogenannte Ratgeber, die sich blendend verkaufen und vielen Menschen Trost spenden. Über das Thema »Patchworkfamilie« zum Beispiel, Gottfrieds neuester Raketenstart auf der Bestsellerliste. Papa hat gerade seine zweite Ehefrau verlassen samt den beiden Kleinen, er hat sich nämlich in Gundula aus dem Büro verliebt, die ist zwar ebenfalls verheiratet und Mutter vom Jonathan, aber Hindernisse sind da, um überwunden zu werden. Entfremdung, Trennung, Scheidung, ein paar Sitzungen bei der Krisenintervisionsberatung, und schon hat sich eine neue Familie zusammengefunden, Papa A und Mama B, dazu Kevin und Lisa und Jonathan plus Sandra aus Papas erster Ehe, die ist schon zwölf und plagt sich mit den üblichen Pubertätspickeln und Schulstress herum, aber sie freut sich wahnsinnig über die kleinen Halbgeschwister, außerdem ist da noch Mama A, die erste Frau von Papa, die bekommt gerade ein Baby von Max, heiraten will sie aber nicht mehr, oder vielleicht später, mal sehen. Nur Richie, der erste Mann von Mama B, also Gundula, will sich auf dem freien Markt gründlich umschauen, ehe er noch einmal eine feste Bindung eingeht, aber zu den vielen Geburtstagsfesten ist Richie selbstverständlich eingeladen und trägt dann die fröhlich quietschenden Kids auf seinen Schultern spazieren.

So sind alle happy, ganz besonders Gottfried und sein Verlag, und natürlich die vielen Mamas und Papas zwischen ihren Terminen beim Scheidungsanwalt und der Schuldnerberatung, die brauchen jetzt nämlich kein schlechtes Gewissen mehr zu haben, weil die Kinder Nägel kauen und Bett nässen, das kommt vielleicht vom Ozon oder von diesen Handymasten, die in der Landschaft herumstehen, aber ganz bestimmt nicht davon, dass sie keine Lust mehr haben, ihren Sprösslingen die heile Welt vorzuhopsen, und das vierundzwanzig Stunden am Tag. Nein, alles wird gut, Patchwork heißt das Zauberwort, das klingt so nach gemütlichen Flickendecken, pardon, Quilts, die man über seine kalten Füße breitet, wenn es draußen schneegraupelt, nach Schulproblemen, die in einer gemütlichen Küche besprochen werden, nach ... ach, am liebsten würde man sich auf der Stelle scheiden lassen und so eine lustige, bunt zusammengewürfelte Flickenfamilie gründen, alles wird gut, morgen ist ein neuer Tag, que sera, sera.

Gottfried lehnt sich zufrieden in dem gepolsterten Armlehnstuhl zurück, er sitzt am Kopfende der Tafel, wie es ihm in dieser lockeren Rangordnung unter guten Freunden gebührt, die über ihren Antipasti der Kurzfassung seines jüngsten Œuvres gelauscht haben. Natürlich mag niemand aus der Runde Gottfried daran erinnern, dass er über keinerlei Erfahrung mit Kindern verfügt, für Nachwuchs war in Gottfrieds Lebensplanung nun mal kein Platz, so viel Verantwortungsbewusstsein muss sein, wenn man sich dem Gemeinwohl verschrieben hat, auch seine schmallippige Frau, die wie immer still neben ihm sitzt, hat sich schließlich damit abfinden müssen, nach zwei Abtreibungen in einer noblen Tagesklinik draußen in Döbling übrigens, ganz unter uns gesagt.

Amélie spießt ein Salbeiblatt in Bierteig auf die Gabel und ein Stück gebratene Paprikaschote dazu, alles mit diesen zierlichen Bewegungen, die so gut zu ihrem Namen passen. Susanne hantiert diskret hinter ihrer Serviette, offenbar hat sich eine Faser vom Artischockenherzensalat zwischen ihren schimmernden Zahnkronen verfangen.

»Möchte noch jemand Parmesan?«, fragt Kathi, die Gastgeberin, dazu hält sie ein Gerät in die Höhe, das aussieht wie die Mordwaffe aus einem Gourmet-Krimi, eine Art Käsehobel-Fallbeil, dessen Klinge tückisch funkelt. Aber alle lehnen dankend ab. Leo sieht sich demonstrativ um, er dreht und wendet den Kopf mit den kurz geschorenen grauen Haaren, damit nur ja keinem am Tisch sein Unbehagen entgeht. Kathi reagiert mit der Miene einer Brautmutter, die im Garten ein opulentes Buffet aus Häppchen in Aspik hat aufbauen lassen, das plötzlich von Gewitterwolken bedroht wird, dabei sitzen wir doch gemütlich im Warmen in diesem geschmackvoll möblierten Wohnzimmer mit den schweren Vorhängen, die sich über dem Parkett bauschen, und den Wiener Bronzefigürchen, die von Frau Elfi einmal wöchentlich mit einem Pinsel entstaubt werden. Nur ein Aschenbecher fehlt, Leo wirkt bereits wie ein Junkie kurz vor dem Überfall auf eine Blinde in der U-Bahn, Amélie und Susanne und Gottfried formieren sich mittels Räuspern und beredten Blicken zur Gegenwehr.

»Also, das muss doch nicht wirklich sein«, eröffnet Susanne, sie artikuliert die Selbstlaute so sorgfältig, als ob sie für die Aufnahmeprüfung ans Reinhardt-Seminar üben müsste, fort, Niedriges, und lass mich dich nicht schaun! Amélie assistiert mit einem zierlichen Kopfnicken, aber alles wartet auf Gottfried, der sich noch mit einem Schluck vom Pinot Blanc stärkt, bevor er Leo zum willensschwachen Erbärmling degradieren wird, wieder einmal.

Da ertönt eine Stimme vom unteren Tischende, nanu, alle Köpfe vollführen eine ruckartige Drehung. Emma, die neue Freundin von Leo, meldet sich zu Wort, zum ersten Mal an diesem Abend, ein bedeutsamer Augenblick für diese Runde, die sich seit vielen Jahren kennt bis in die allerintimsten Winkel und Falten hinein, wie Seitensprünge und Privatkonkurs.

»Zu Ostern war ich in Amsterdam«, sagt Emma, deren Vorname auf eine feministisch bewegte Mutter schließen lässt. »Dort bin ich in einen Pornoshop gegangen, gleich neben dem Hotel, mich hat das einfach interessiert, ich war noch nie in so was. Das war wirklich der Hammer, was es da alles gibt, diese Gummidinger und die Ketten und die Lackwäsche und die Videokassetten, Sex mit Tieren, uääähhh, ja, und dann wollte ich mir eine anzünden, und da stürzt plötzlich der ganze Laden auf mich, als ob ich eine Schwerverbrecherin wäre oder eine Terroristin oder sonst was. Das ist doch einfach grotesk, die grauslichsten Filme sind erlaubt, aber das Rauchen soll ein Verbrechen sein, versteht ihr das?«

Und Emma lächelt in die Runde, ganz aufgeweckte Schülerin, Gottfried starrt mit offenem Mund, Kathi zerbröselt Grissini, der Rest schluckt tapfer. Das war allerdings starker Tobak, wie meint diese Emma das eigentlich, sind Nichtraucher Perverse, die von Sex mit einem Schäferhund in Lackwäsche träumen?

»Also, das musst du mir jetzt einmal ...«, hebt Susanne an, aber Kathi springt auf und beginnt die Teller einzusammeln, dass es nur so schrammt, ihre Schwester Amélie reißt ganz irritiert die blassblauen Augen auf.

»Tut mir leid, aber es geht gleich weiter«, sprudelt Kathi, »sonst wird der Fisch trocken. Ich habe ein Rezept von diesem Jamie Oliver probiert, ihr müsst bitte nachsichtig sein. Leo, du kannst ja kurz rüber ins Arbeitszimmer gehen. Danke, Martha, bleib ruhig sitzen. Seid ihr alle versorgt, bleiben wir beim Pinot oder möchte jemand lieber einen Chardonnay, Ludwig, du kümmerst dich darum, ja!« Und Kathi geht ab, beladen mit Tellern wie die Assistentin eines Jongleurs im Varieté.

Stille breitet sich aus, ein paar unbehagliche Augenblicke lang, dann erhebt sich Ludwig, um seinen Pflichten als Hausherr nachzukommen. Leo verschwindet im Nebenzimmer, die Zigarette bereits provokant im Mundwinkel, Emma blickt ihm versonnen nach. Gottfried will nicht nachtragend sein: »Sie waren also in Amsterdam? Dort müssen wir auch wieder einmal hin, nicht wahr, Schatz? Die Grachten, die Nachtwache, die Coffeeshops, wo unsereins den ersten Joint geraucht hat ... ich war damals schon Doktorand beim alten Hassfurther, das muss also vor ...«

Emma betrachtet Gottfried, als ob sie ihm gleich die Pantoffel und das Pfeifchen bringen würde, eine freundliche Enkeltochter, die sich um den alten Großvater kümmert, aber Gottfried hält sich unverdrossen für das Objekt weiblicher Begierde, er schwadroniert von vergangenen Heldentaten und fährt sich dazu dynamisch durchs Haar. Dann kehrt endlich Kathi zurück, von Dampfschwaden weichgezeichnet, zwischen zwei gesteppten Topflappen hält sie vorsichtig eine Gratinform aus weißem Porzellan.

»Filet vom Goldbarsch auf Shrimps und Avocados, mit Cheddarkäse überbacken«, verkündet Kathi, alle geben erwartungsvolle Töne von sich, nur Gottfried schaut ziemlich skeptisch drein. Kathi teilt die Portionen aus, umsichtig besorgt, für mich bitte keinen Käse, für mich ohne Saft, reichst du mir das Salz, dann ist ringsum nur Kauen und Schlucken und das Klirren von Besteck zu hören.

Gottfried ist als Erster fertig, er wischt sich den Mund umständlich mit einer Serviette ab, spült mit Chardonnay nach und unterdrückt taktvoll ein sattes Rülpsen, eine Hommage an die Kochkünste der Gastgeberin, sozusagen. Gleich wird er sein Urteil über den Goldbarsch mit Cheddarkruste fällen, Gottfried verfasst nämlich auch amüsante kleine Restaurantkritiken, die ihm eine erstaunliche Popularität eingebracht haben. Aber Leo kommt ihm zuvor, mit vollem Mund wie üblich, Gottfried und Susanne und Amélie tauschen nachsichtige Blicke miteinander aus.

»Gestern bin ich dem Wessely begegnet«, sagt Leo, und tunkt mit einem Baguettebrocken die ölige Sauce auf. »Ihr kennt's ihn alle, das ist der Prokurist vom alten Öhlinger, Öhlinger und Söhne, die haben ihre Finger wirklich überall drin, der alte Öhlinger hat sich eben darauf verstanden, Beziehungen aufzubauen, ein Anruf beim Bürgermeister und schon hat der seine Baustelle genehmigt, das geht zackzack. Wir sind dann einen Kaffee trinken gegangen, der Wessely und ich, na, und da hab ich mir gedacht, ich frag ihn einmal, ob er was für mich tun kann. Wegen dem Ausbau von dem Dachgeschoss am Handelskai, da machen mir die vom Magistrat nix als Probleme, wenn ich Denkmalschutz nur hör, dann krieg ich schon einen Bandscheibenvorfall, ehrlich. Und da hab ich den Wessely also gefragt, ob er das nicht für mich richten kann, natürlich würde ich mich erkenntlich zeigen. Und wisst ihr, was mir der geantwortet hat, so ganz offen ins Gesicht?«

Leo stopft sich das öltriefende Weißbrot in den Mund, aber nicht einmal Gottfried mag ihm jetzt einen Verweis erteilen, alles wartet auf die Pointe, Leo schmatzt und schluckt genüsslich.

»Gern, Herr Doktor, hat der Wessely gesagt«, lässt uns Leo mit fettigen Lippen endlich wissen, »gern, Herr Doktor. Aber dann will ich's im Geldbörsel knistern hören, und nicht nur scheppern.«

Amélie schüttelt fassungslos anmutig den Kopf, Kathi zerbröselt mit nervösen Fingern ein Grissino über ihrem Teller. Ludwig schenkt die Gläser voll.

»Also, das kann ich einfach nicht glauben«, lässt sich Susanne vernehmen. »Diese Dreistigkeit! Wohin soll das nur führen! Kann mir das jemand erklären?«

Seit ihrer Scheidung wird Susanne von der Freundesrunde tapfer mitgeschleppt, zu Theaterpremieren und Silvestergaladiners, ja sogar auf Korfu war Susanne im vergangenen Sommer mit dabei. Als Gegenleistung erbringt sie Fragen, die zumeist von Gottfried erschöpfend beantwortet werden. Der lehnt sich prompt zurück und lässt den Wein in seinem Glas kreisen, die restliche Runde stellt sich auf einen Monolog bis zum Dessert ein.

»Wie schon Homer befand ...«, hebt Gottfried an, aber eine weibliche Stimme vom unteren Tischende drängelt sich dreist dazwischen, diese Emma kennt wirklich keinen Respekt vor dem Wissen des reifen Mannes, Gottfried hüstelt hörbar verstimmt.

»Die Tochter von meiner Nachbarin geht in die fünfte Klasse Gymnasium, Kerstin heißt sie«, beginnt Emma, alle starren sie verständnislos an. »Und diese Klasse macht so ein Projekt über Vergangenheitsbewältigung, was aus Schülern von damals geworden ist, na, ihr wisst schon. Einen uralten Mann haben sie sogar übers Internet in Brasilien aufgespürt und eingeladen, das ist doch toll, oder? Die haben Flohmärkte veranstaltet, damit sie die Kosten für das Flugticket zusammenbringen, dieser alte Mann war dann zwei Wochen lang da und hat erzählt, wie er als Zwölfjähriger einen Judenstern hat tragen müssen und wie er nach einem Fußballspiel zusammengeschlagen worden ist. Seine Eltern und sein Bruder sind vergast worden, nur er ist über so einen Kindertransport gerettet worden. Er hat gesagt, dass er zum ersten Mal nach fast siebzig Jahren wieder Deutsch spricht. Aber wie er die Wohnung von seiner Familie in der Porzellangasse besuchen wollte, haben ihm die

Mieter dort nicht aufgemacht. Denen war das furchtbar peinlich, hat die Kerstin erzählt. Die Kerstin und die anderen aus ihrer Klasse forschen jetzt über Wohnungen von damals nach, Arisierungen und so, was aus denen geworden ist und wer heute darin lebt. Das ist echt interessant, das sind oft richtig angesehene Leute und die tun dann, als ob sie nicht wüssten, wieso ihre Eltern oder Großeltern da eingezogen sind. Mir ist das jetzt nur eingefallen, weil der Leo von diesem Wessely erzählt hat. Aber der Wessely ist doch nur ein kleines Würschtel gegen solche Geschichten, findet ihr nicht auch?«

Wie still dieses Zimmer doch ist, dabei brandet unten der Verkehr vom Getreidemarkt. Hundertachtzig prachtvolle Quadratmeter Altbau mit Parkett und Flügeltüren und Stuck an der Decke, der Blick von dem schmiedeeisernen Balkongeländer vor dem Schlafzimmer geht über die Dächer bis hinüber zu den Museen, in manchen Frühlingsnächten riecht es sogar hier mitten in der Stadt nach Flieder, man fühlt sich dann wie im Süden, das hat Kathi einmal erzählt, die diese Wohnung geerbt hat. Nur heute Nacht scheint es plötzlich kühl zu werden in diesem Zimmer, hat im Nebenraum vielleicht jemand das Fenster gekippt?

Amélie sitzt da wie zu einem Porzellanfigürchen erstarrt und blickt an ihrer älteren Schwester vorbei, Gottfried scheint zu dösen, Leo klopft sich schon wieder eine Zigarette aus der fast leeren Packung. Ludwig, der Hausherr, will Wein nachschenken, aber er greift daneben, ein Glas fällt um und der Rest vom Chardonnay sickert in die Tischdecke aus mattweißem Damast. Kathi springt auf, als ob der Klang sie aus tausendjährigem Schlaf erweckt hätte.

»Jetzt kommt die Überraschung«, sprudelt Kathi, »ihr seid doch hoffentlich noch nicht satt, es geht gleich weiter. Ich muss nur noch das Sorbet aufschlagen, es ist ein Rezept vom Kiang, ihr wisst schon, dieser koreanische Koch, von dem ich so oft geschwärmt habe. Geeiste Limetten auf Sorbet von Zitronengras, fruchtig, aber nicht zu säuerlich, ich bin ja schon so gespannt, was ihr dazu sagt.« Und Kathi stapelt die Teller übereinander, zum wiederholten Mal an diesem Abend, zum Glück verfügt sie über ein komplettes Rosenthal-Service für vierundzwanzig Personen, inklusive Suppenterrine, Saucieren und Kompottschälchen.

»Danke, Martha, bleib ruhig sitzen, ich schaff das schon alleine«, sagt Kathi, als die Frau neben Gottfried sich erheben will, um zu helfen. Es klingt beinahe abwehrend, die Frau setzt sich wieder hin. Einmal ist die Frau von Gottfried auf einem Goldstühlchen hinter Palmwedeln gesessen, nach einer Buchpräsentation, vor der Palme haben zwei Damen ihr Make-up diskret im Klappspiegel kontrolliert. »Also, was dieser Mann bloß an so einer Person findet«, hat die eine spekuliert, »stumm wie ein Fisch und ein Mund wie ein Knopfloch.« Die andere Stimme hat gegluckst: »Na, sie wird schon irgendwelche Qualitäten haben, die Mitgift vielleicht.« Dann sind die beiden wieder im Summen und Gelächter verschwunden, zwischen Tischchen voll Sektgläsern und Tabletts mit Lachsbrötchen, leichtfüßig und gewandt.

Am Tisch von Kathi und Ludwig hat mittlerweile Sesselrücken eingesetzt und das Scharren von Schuhen. Leo begibt sich wieder ins Arbeitszimmer, das Klicken eines Gasfeuerzeugs ist zu hören. Emma schlendert ihm nach, im

Vorübergehen streichelt sie über die Gobelinkissen auf dem roten Ledersofa, das so vortrefflich mit den Karneval-in-Venedig-Tuschezeichnungen von Paul Flora an der Wand harmoniert. Was für ein geglücktes Ambiente, was für ein Gaumenschmaus, was für ein stimmungsvoller Abend! Gottfried assistiert Ludwig mit dem Rotwein, aus dem Arbeitszimmer erklingt die Stimme von Nathalie Cole, Leo und Emma haben sich offenbar an Ludwigs CD-Sammlung bedient, aber der Hausherr hebt keine Augenbraue. Susanne steht ein bisschen verloren herum, Amélie macht sich gerade im Badezimmer frisch.

»Ist Kiang eigentlich ein koreanischer Name«, fragt Susanne in den Raum hinein, doch nicht einmal Gottfried fühlt sich zu einer Antwort berufen. Dann erscheint Kathi, sie schiebt einen Servierwagen vor sich her, der bestückt ist mit Dessertellern und Besteck und einer Kristallschale, in der es milchig schimmert.

»Zu Tisch, zu Tisch«, ruft Kathi, es klingt etwas angestrengt fröhlich, aber so ein dreigängiges Menü für acht Personen kocht sich eben nicht von alleine. Alle nehmen wieder Platz, Leo und Emma halten Händchen, Ludwig, der einzige Krawattenträger, hat seinen englischen Knoten diskret gelockert. Gottfried schaut aus, als ob er am Morgen auf seine Tabletten gegen zu hohen Blutdruck vergessen hätte. Amélie ist aus dem Badezimmer zurück, ihre Locken kringeln sich ganz allerliebst.

»Übrigens, ich habe so einen süßen Kindergärtner kennengelernt«, platzt Amélie heraus, kichernd wie ein Backfisch in der guten alten Zeit, als man noch Briefchen schrieb statt SMS.

»Na, hoffentlich kein Pädophiler«, gibt sich Leo besorgt, Amélie bekommt ganz rote Backen aus Empörung, Gottfried verschluckt sich beinahe vor Lachen.

»Also, wie kannst du nur ...«, hebt Susanne an, aber Kathi klatscht ihr eine Portion Sorbet auf den Teller, gekrönt von einer giftgrünen kandierten Limettenscheibe, Susanne verstummt. Dann löffeln alle schweigend, bis auf Emma, die kehlige Laute des Genusses von sich gibt, Gottfried mustert sie interessiert.

»Wisst ihr eigentlich, dass heute Vollmond ist?«, versucht sich Amélie mit einer weiteren Neuigkeit. »Wirklich?«, ruft Kathi, endlich ein Thema, das nicht den Keim einer unangenehmen Debatte in sich trägt. »Da sollte man sich doch die Haare schneiden lassen, oder besser nicht?«

»Esoterischer Unfug«, lässt sich Ludwig, Dozent für Mikroelektronik, vernehmen, es ist seine erste Wortmeldung an diesem Abend. Aber Ludwig versteht es eben – ganz im Gegensatz zur schmallippigen Martha – sein Schweigen zur Verweigerung der Banalität des Alltags zu stilisieren. Wenn sich Ludwig nur räuspert, lauschen alle wie einem Bonmot, sogar die kecke Emma wirkt beeindruckt. Gottfried schenkt sich Rotwein aus der Karaffe nach, Susanne taucht ihren Löffel in die halb leere Schüssel mitten auf dem Tisch. Müde Stille, sattes Verdauen breiten sich aus, Kathi schaut verstohlen auf die Uhr über der Biedermeierkommode. Leos Hand liegt ganz offensichtlich auf Emmas Oberschenkel.

»Was macht ihr eigentlich im Sommer?«, fragt Amélie. »Ich wollte ja schon immer einmal nach Kuba, vielleicht traue ich mich in diesem Jahr. Ihr wisst ja, ich habe diese schreckliche Flugangst, die vergeht einfach nicht, dabei habe ich schon alles probiert, Entspannungsübungen, Valium, einfach alles.«

»Komm doch mit uns ins Weinviertel«, sagt Kathi. Ludwig räuspert sich bedeutsam, aber Kathi lässt sich nicht beirren. »Wir wollen uns an der Thaya ein Haus mieten für den August, die Kinder lassen uns ja jetzt endgültig im Stich. Die Nora hat einen Ferienjob bei irgend so einer Computerfirma gefunden, und der Lukas macht ein Praktikum in Brüssel.«

»Beneidenswert«, seufzt Susanne, »wenn sie endlich so groß sind. Die Babsi verbringt den Juli mit ihrem Vater, wahrscheinlich schleppt er sie wieder zum Segeln mit, dieser egoistische Angeber, und im August fährt sie auf Sprachferien nach Frankreich, in die Provence, sauteuer, sag ich euch, als Alleinerzieherin ist man einfach ...«

Am Tisch entsteht eine kleine Unruhe, Susannes Erlebnisberichte aus der Welt allein erziehender Mütter sind sattsam bekannt. Leo zündet sich ungeniert eine Zigarette an, aber niemand mag ihn tadeln.

»Wir wollen nach Santorin«, sagt Leo, der Alimente für mehrere Söhne und eine Tochter aus diversen Beziehungen überweist, zu denen er Abstand hält aus therapeutischen Gründen, Leo will den Kindern keine dominante Vaterfigur zumuten, dazu hat ihm angeblich sein Psychiater geraten. »Die Emma war noch nie in Griechenland, stellt euch das einmal vor.« Emma an seiner Seite scheint sich dafür kein bisschen zu schämen, die Männer am Tisch blicken sie bewundernd an, so viel taufrische Unbedarftheit, einfach zauberhaft.

»Und, was sind eure Pläne?« Leo schnippt die Asche in ein Tellerchen aus Zinn, das die aufmerksame Kathi herbeigezaubert hat, und spricht vage in Gottfrieds Richtung. »Ihr zwei seid doch ohne jede Verpflichtung, keine Zahnspangen, keine Sprachferien, einfach fantastisch.«

»Ach, ja ...«

Die Karaffe ist leer, Ludwig hat bereits vor Längerem eine neue Flasche vom Shiraz entkorkt. Gottfried hängt schwer im Sessel, sein Bauch wölbt sich über dem Gürtel, den er wieder einmal viel zu eng gezurrt hat, sein Gesicht ist rot und glänzend. Alle starren ihn an, Kathi ein wenig beklommen, ihr Gast wird doch wohl keinen Eiweißschock erleiden, das kommt davon, wenn man anarchistische Rezepte von diesen jungen Wilden nachkocht, beim nächsten Mal gibt es wieder ein leicht verdauliches Kalbfleischgericht, dieser Vorsatz ist deutlich im Mienenspiel der Gastgeberin zu lesen. Aber Gottfried ist nicht infarktgefährdet, sondern bloß philosophisch gestimmt, mit melancholischem Gestus nimmt er den Grappa entgegen, den Ludwig in fingerhutgroßen Schnapsgläschen ausschenkt.

»Jaja, fantastisch ...«, seufzt Gottfried. »Keine Verpflichtungen, keine Sorgen, so wollten wir es doch, nicht wahr, Schatz? Aber war es auch die richtige Entscheidung? Manchmal frage ich mich ... ach was, warum soll ich euch damit behelligen ... nun gut, manchmal frage ich mich, wie es wäre, wenn ... aber nun werde ich wohl von dieser Erde gehen, ohne Spuren im Sand zu hinterlassen ... ich habe kein Kind gezeugt, sehr bewusst, aber heute frage ich mich manchmal, ob es nicht doch noch ...«

Und Gottfried verstummt und kippt den Fingerhut Grappa in einem Zug, er leckt sich über die Lippen und hält Ludwig das leere Glas hin, der füllt nach, nachdem er Kathi einen schnellen fragenden Blick zugeworfen hat. Das Klirren und Glucksen sind die einzigen Geräusche am Tisch, und das Wimpernklimpern, mit dem Amélie die Verblüffung in ihren blassblauen Augen untermalt. Kathi und Susanne schauen mehr erschrocken drein, beide wissen um die Abtreibungen und um die bitteren Auseinandersetzungen zwischen Gottfried und seiner Frau, die glücklicherweise bereits vor Jahren durch einen wohlüberlegten Kompromiss beendet werden konnten, nämlich die Anschaffung von Rolfi, einem honigfarbenen, ganz allerliebsten Golden Retriever.

»Aber heutzutage ist ein spätes Kind wirklich kein Problem mehr«, meldet sich Emma zu Wort, »erst vor ein paar Tagen habe ich gelesen, dass ...«, doch Emma verstummt abrupt, sie zuckt zusammen, als ob sie unter dem Tisch von einer Mücke gestochen worden wäre, Leo neben ihr schaut betont gelassen drein. Ein spätes Kind, ja, die Lösung liegt so nah, Gottfried wirkt fast geschmeichelt, die Frau neben ihm sitzt sehr still und gerade, ihr letzter Eisprung ist schon einige Zeit her, aber heutzutage ist so vieles nur eine Frage der Organisation und des guten Willens, eine Hormonbehandlung, eine Leihmutter, oder besser noch eine ganz neue junge Frau, Abrakadabra, schon hinterlässt Gottfried Spuren im Sand.

»Ach, du liebes bisschen, jetzt hätte ich fast den Käse vergessen«, ruft Kathi, sie springt auf, dass beinahe ihr Sessel nach hinten kippt, alles schreckt aus Dösen und Grübeln hoch. Kathi verschwindet Richtung Küche, Susanne eilt hinterher, Leo und Emma tauschen beredte Blicke aus, die einen baldigen Aufbruch vereinbaren, Ludwig gähnt unverhohlen. Gottfried streckt sich und tut so, als ob er nach einer Hypnosesitzung erwachen würde, zwinkernd findet er sich an diesem Esstisch wieder, wo Dinge gesagt wurden, die man auf dem Heimweg bitte nicht kleinkrämerisch vorrechnen sollte.

Kathi erscheint wie das täglich grüßende Murmeltier, sie schleppt ein Tablett mit Brie und Parmesan und bläulich geädertem Gorgonzola, das sie vor Ludwig hinknallt, aber der meditiert über seinem Grappaglas, Kathi lässt sich in den nächstbesten Sessel fallen. Leo erhebt sich: »Tut mir leid, aber ich muss morgen früh raus, die Baustelle, ihr wisst ja, wie das so ist ...«, und er zieht Emma hoch, die sich schon die Augen reibt, ganz kleines Mädchen. Susanne und Amélie wollen sich anschließen, Kathi protestiert nur halbherzig, Ludwig hängt wie ein satter Python über der Armlehne.

»Nun, dann sollten wir wohl auch heimwärts streben, meinst du nicht, Martha, Schatz?«, und Gottfried nickt seiner Frau zu, einer begnadeten Zuhörerin, darum wird sie bei Tischordnungen auch so gerne dazwischen gesetzt, wie ein Puzzleteilchen, das bloß das Blau des Himmels markiert. Alle drängen nun ins Vorzimmer, Mäntel und Jacken werden übergestreift und Seidentücher geschlungen, Wangenküsse ausgetauscht und Komplimente.

»Es war wieder ganz besonders gelungen!«

»Dieser Goldbarsch mit Cheddar, einfach köstlich, kannst du mir das Rezept mailen?«

»Wer fährt in unsere Richtung, wir haben noch einen Platz frei.«

Dann stehen Kathi und Ludwig im Türrahmen und winken ihren Gästen nach, die Frauen entscheiden sich fitnessbewusst fürs Stiegenhaus, Leo und Gottfried warten vor der

Aufzugstür. Dann treffen sich alle draußen vor dem Eingangstor, Autos fahren durch ölig glitzernde Pfützen, offenbar hat Regen eingesetzt während des Desserts. Ein letztes Winken und die Paare trennen sich, Susanne und Amélie wollen sich ein Taxi teilen.

Gottfried sperrt das Auto für Martha auf und vergewissert sich, dass die anderen endlich um die Ecke verschwunden sind. »Na, das war vielleicht ein zäher Abend«, seufzt Gottfried, »und dieser Fisch ist doch eine Zumutung gewesen, erinnerst du mich bitte, dass ich gleich eine von diesen Gastritistabletten nehme, oder besser zwei, was sagst du übrigens zu Leo, einfach unglaublich, wen der immer mitschleppt, aber wenn diese Emma sich Klarheit verschafft hat über seine desaströse finanzielle Situation, dann ist die doch weg wie eine Rakete, was meinst du, du bist übrigens ziemlich einsilbig dagesessen den ganzen Abend, Schatz, sogar für deine Verhältnisse, ist dir etwas über die Leber gelaufen, außer dem Fisch natürlich«, und Gottfried feixt, sichtlich angetan von der Häme, mit der er Kathis Kochkunst qualifiziert.

»Nein«, sage ich, »lass uns fahren«, sage ich.

Gottfried startet und wir fädeln uns in den Verkehr ein, der langsam dahinrollt im Nieselregen, auf die rote Ampel zu, die mir plötzlich scheint wie ein wärmender Trost in der Nacht.

Doch Anna Michailowna hatte schon die Gräfin umarmt und weinte. Diese schluchzte ebenfalls. Beide weinten darüber, dass sie so befreundet und so gut und Jugendfreundinnen waren, und dass sie sich mit so einem niedrigen Gegenstand wie dem Geld befassen müssten, und darüber, dass ihre Jugend vorbei war ... Aber ihre Tränen waren für beide eine Wohltat.

TOLSTOI, KRIEG UND FRIEDEN

Alte Schachteln

Als die ersten Bomben auf Bagdad fielen, saß ich gerade auf dem Cardio-Fitnessrad, trat in die Pedale wie eine Verrückte, und mein Puls betrug 147 Schläge in der Minute. Nicht gerade berauschend, ichweißichweiß, aber ich bin nun mal keine allzu sportliche Person. Diesen Defekt sieht man mir zum Glück nicht an, ganz im Gegenteil: Wenn ich mich in meine verwaschenen Lieblingsjeans zwänge und mir einen dunkelblauen Pullover lässig um die Schultern knote, dann könnte man mich glatt für eine ehemalige Cheerleaderin halten. Falls es so etwas wie Cheerleaderinnen hier bei uns je gegeben hätte, natürlich. Ich sehe dann sogar ein bisschen aus wie Uschi Obermaier in dieser Reportage über ihr Leben als Silberschmuckdesignerin, das sie heute irgendwo in Amerika führt. Sie wissen nicht, wer Uschi Obermaier ist? Ach, Kind ...

Also, wie gesagt, als die ersten Bomben auf Bagdad fallen, sitze ich gerade auf dem Cardio-Fitness-Flower-Power-Superrennrad mit Herzfrequenzmessung, und atme flach und konzentriert durch die Nasenflügel. Denn der Typ neben mir schwitzt wie ein Schwein. Das ist der Nachteil an diesen Etablissements, auch wenn sie noch so teuer und gestylt und trendy sind, und die Eigentümer (meist irgendeine dubiose GmbH mit Sitz in St. Petersburg) ein kleines Vermögen in silber glänzende Entlüftungsrohre investiert haben: Die Luft zum Atmen ist einfach eine Zumutung. Gleiches kann man mit allerbestem Gewissen auch von dem Typ neben mir behaupten. Sie wissen schon, die Sorte Mann, die unbedingt Business Unit Sales Director werden will, oder so ähnlich, damit sich anorektische Girlies von ihm vögeln lassen. Der Typ rennt so verbissen wie eine Laborratte im Käfig, Schweiß spritzt auf den Boden und bildet ekelige kleine Pfützen neben dem Laufband. Ich wende mich also wieder dem Monitor zu, der an der gegenüberliegenden Wand montiert ist und uns Mitglieder des »Malibu« permanent mit CNN berieselt (schließlich ist dies der schickste Laden der Stadt, hier wird man nicht mit Werbung und läppischen Talkshows belästigt). Auf dem Bildschirm geht es zu wie an Silvester. Grüne Raketen explodieren über einer nächtlichen Metropole, und rotgoldene Funken regnen auf die Dächer. Sieht ziemlich teuer aus, aber gut gemacht. Fasziniert starre ich auf das Spektakel, dem Kommentator im CNN-Center in Atlanta ergeht es offenbar ähnlich.

»I've never seen something like this, such a destruction!«, ist eine männliche Stimme aus dem Off zu hören, dazu knallt es in Bagdad wie bei einer dieser Riesenpartys, die Waffenhändler zur Hochzeit ihres Erstgeborenen ausrichten. Sogar der Typ neben mir rennt jetzt um einen Tick langsamer, einträchtig glotzen wir zum Monitor hoch. Endlich ist er da, der Krieg, auf den die ganze Welt seit bangen Monaten wartet, dem CNN-Mann ist die Erleichterung beinahe anzuhören. Ob es in Bagdad wohl Fitnessstudios gibt? Ob die Leute dort vom Krieg nun doch überrascht worden sind? Wahrscheinlich bunkern sie schon seit Wochen getrocknete Erbsen und Mineralwasser, oder was man sonst zum Überleben braucht. Was würde ich eigentlich nach Hause schleppen, nur so, für den Fall des Falles? Tomatensugo und Nudeln, Wasser ohne Kohlensäure, logo, zum Haarewaschen und Zähneputzen, o.b. extra, falls der Krieg länger als drei Wochen dauern sollte, und natürlich Kerzen, am besten Duftkerzen mit stressdämpfendem Aroma, Zimt oder Orangenblüten, und Rotwein für die schlimmen Stunden im Keller. Obwohl, ich besitze überhaupt keinen Keller, in meinem Wohnhaus mit den großzügig renovierten Altbauwohnungen ist aus dem Untergeschoss ein Nagelstudio geworden, statt über ein düsteres Kellerabteil verfüge ich über einen begehbaren Schrankraum gleich neben meinem Schlafzimmer. Aber ob man in einem begehbaren Schrankraum Schutz vor Napalm finden kann? Ach was, Napalm gibt's doch schon längst nicht mehr, heutzutage sind die Bomben viel freundlicher geworden, bums, alle Gebäude stürzen zusammen, aber die Menschen überleben – oder war es umgekehrt?

Der Typ neben mir keucht, als ob er gleich tot vom Cardiohighspeedrunner kippen würde. Also *ich* werde ihn jedenfalls nicht beatmen, so viel steht fest. Was der wohl bunkern würde, wenn die Sirenen heulen? Eine aufblasbare Puppe, hundertpro. Obwohl, die wartet höchstwahrscheinlich sowieso jeden Abend auf ihn, wenn er sein Training wieder einmal überlebt hat. Andererseits, die jungen Mädchen heutzutage schreiben Feminismus doch mit Vogel-V, wenn der Typ nur genügend Kohle auf dem Konto hat, dann schleppt er gleich anschließend problemlos eine knackige

Jurastudentin ab – ich habe bereits einige trostlose Szenen mit ähnlicher Handlung an der Saftbar des »Malibu« mit ansehen müssen.

Bagdad wird gerade in die Steinzeit zurückgebombt, zumindest kann ich mir nicht vorstellen, dass dort noch ein Stein auf dem anderen wackelt. Seit zwanzig Minuten wird nun schon scharf geschossen, ich habe gar nicht bemerkt, dass ich zu radeln aufgehört habe und nur mit weit aufgerissenen Augen auf den Monitor starre, ein feuchtes Handtuch klebt in meinem Nacken. Da hüstelt jemand neben mir, natürlich, der berühmte Dichter, der in diesem Klub sein Unwesen treibt, stets inkognito aufs Erkanntwerden bedacht. Vor Jahren ist er der Shootingstar seiner Generation gewesen, Tausende Möchtegerntoreros haben sich an seinen testosterongeschwängerten Versen gelabt. Jetzt will der berühmte Dichter aber kein Weib und keinen Stier bezwingen, sondern bloß mein Fahrrad besteigen. Um diese Zeit – am frühen Abend nämlich, hier bei uns in Mitteleuropa jedenfalls, in Bagdad scheint es schon später zu sein – herrscht stets größter Andrang auf die Geräte, all die solariumgebräunten Rechtsanwälte und krisengebeutelten Fondsmanager wollen ihren Körper nun wenigstens eine Stunde lang *spüren*, bevor sie sich beim Edelitaliener gegenüber mit Scampi und Weißwein übersäuern. Ich klettere also betont langsam vom Sattel und blicke mich mit hochgezogenen Augenbrauen um, so als ob ich den Ursprung eines besonders üblen Geruchs ausfindig machen wollte. Dann schlendere ich an dem berühmten Dichter inkognito vorbei und ziehe eine letzte zögerliche Runde durch die verspiegelten Säle und strengen Kammern. Genau genommen habe ich ja erst das Aufwärmprogramm absolviert, jetzt sollte ich mich noch am Leg Press und am Close Pulldown abplacken, bloß irgendwie ist mir die Motivation abhanden gekommen. Männer keuchen und stemmen Gewichte, Frauen dehnen und wippen, und über ihren Köpfen flackert das Raketenfeuer von Bagdad. Wie weit ist Bagdad eigentlich entfernt? Fünftausend Kilometer? Zehntausend? Für die Freaks rundum liegt es offenbar an der Milchstraße, kein einziger hält auch nur für einen Augenblick inne. Ich gehe durch die Schwingtür aus türkis schimmerndem Glas in die Frauengarderobe, wo der Schweißgeruch von teuren Duschgels und Deosprays überlagert wird.

»Furchtbar, nicht wahr?«, sagt unsere ehemalige First Lady gerade zu einer Freundin, die sich kopfüber die Haare föhnt. »Borgst du mir deinen Lockenstab?«

Was meint sie jetzt damit, den Krieg oder ihre Frisur?

Draußen ist es kalt und dunkel, Nebel hängt zwischen den Straßenlaternen wie im London von Jack the Ripper. Eigentlich gehe ich um diese Zeit ja gar nicht mehr so gerne ins Fitnessstudio. Eigentlich gehe ich überhaupt nicht gerne ins Fitnessstudio, aber jetzt habe ich blöderweise ein Jahresabo gebucht, ganz lässig mit der Goldcard gleich nach der ersten Gratisschnupperrunde mit diesem knackigen Trainer aus Toronto. Der so ein charmantes Deutsch radebrechte und mich ansah, als ob ich wirklich die Cheerleaderin der Toronto High Spirit Ghost Busters wäre, oder wie diese Teams so heißen. Den knackigen Trainer mit dem charmanten Akzent habe ich seither nie wieder erblickt, höchstwahrscheinlich wird er in einem Verlies mit Hanteln und Proteindrinks festgehalten und darf nur raus, um täglich mindestens ein halbes Dutzend alte Schachteln über vierzig zu umgarnen. Wenn er neunhundertneunundneunzig von uns zum Zücken ihrer Goldcard animiert hat, dann wird ihm die Freiheit geschenkt, vorher nicht. Bloß, jetzt stehe ich da mit einem Jahresabo für den angeblich schicksten Klub der Stadt, um den Gegenwert hätte ich locker ein Lenkrad aus poliertem Wurzelholz für meinen alten Käfer finanzieren können, und neue Winterreifen dazu. Oder vier blinden Kindern in Indien die rettende Netzhautoperation finanzieren, damit aus ihnen glückliche Teppichweber werden können. Recht geschieht mir also, und außerdem bin ich sowieso noch vergleichsweise billig davongekommen. Wenn ich da an Cleo denke, die ihr gesamtes Erspartes in zwei Wochen Ölmassagen auf Bali investiert hat, weil die angeblich *der* Jungbrunnen sein sollen! Mit Herpesbläschen am ganzen Körper ist sie zurückgekommen, sogar im Nabel hat sich die Ärmste mit Wattestäbchen kratzen müssen. Nein danke, da erscheine ich lieber griesgrämig-diszipliniert dreimal die Woche im »Malibu« und schwenke ein paar Hanteln.

Ob ich mir beim Inder noch ein Hühnchen Madras einpacken lassen soll? Oder lieber einen Salat mit Sprossen und Pilzen? Ob ich mir morgen das Kaschmir-Twinset spendieren darf, um das ich schon seit Wochen herumschleiche, oder ist so eine Anschaffung in Zeiten wie diesen vielleicht doch geschmacklos?

Mit einem Döner vom Türken gleich ums Eck komme ich nach Hause und schalte den Fernsehapparat an. Fast auf allen Kanälen laufen Sondersendungen, entschlossen blickende Männer, allesamt »Sicherheitsexperten« laut Insertzeile, erklären uns die defensiven Angriffspläne der Amerikaner. Auf CNN flackert es noch immer grüngrell, angeblich wurde zwar ein wichtiges Ministerium getroffen, aber keinem Iraker ein Haar gekrümmt, halleluja! Ich sitze vor der Glotze bis weit nach Mitternacht und zappe mit fettigen Fingern.

❧

Das Alter beginnt, wenn alle um dich herum plötzlich jünger sind als du.
    Dein Gemüsehändler.
    Der neue Nachbar.
    Dein Zahnarzt.
    Dein Gynäkologe!
    Ich stehe in der Buchhandlung am Bahnhof und blättere in schicken Magazinen, aber heute macht mir das Schmökern keinen Spaß, sondern nur Migräne. Der Mini ist wieder da, jubelt die »Vogue«. Wilde Locken sind wieder angesagt, freut sich die »Elle«. Handgestrickte Schafwollpullover mit Zopfmuster sind wieder in, meldet uns die »Marie Claire«. Bloß, das habe ich doch schon alles gehört und befolgt und mitgemacht, vor bald hundert Jahren!! Schottenmini zu flachen Ballerinas, trug das nicht Ally McGraw in »Love Story«? Und so einen kratzigen Pullover mit Zopfmuster, in dem steckte doch Faye Dunaway, als sie am Lagerfeuer am Strand mit Steve McQueen in »Thomas Crown ist nicht zu fassen« flirtete! Seufzend lege ich die »Marie Claire« auf den Stapel zurück. Soll ich mich allen Ernstes noch einmal stylen wie mit sechzehn? Dazu vielleicht neckisch an Zuckerwatte knabbern und durchs dürre Laub hopsen? Noch einmal auf eine Demo gehen?

Obwohl, eine Demo findet sogar statt heute Nachmittag, vom Rathaus zur amerikanischen Botschaft, alle möglichen guten Menschen haben dazu aufgerufen, von der Katholischen Jugend bis zur Nur-Schlampen-tragen-Pelze-Fraktion, Treffpunkt ist um siebzehn Uhr. Ich schiebe den Pullover (klassischer dunkelblauer Rollkragen, kein Zopfmuster) über meinem Handgelenk hoch und schaue auf die Swatch, die ich mir vergangenen Sommer im Duty Free von Heathrow spendiert habe, nach einem unglückselig verlaufenen Wochenende in den Cotswolds, aber davon vielleicht ein anderes Mal.

Sechzehn Uhr und zehn Minuten.

Blöd. Warum muss mir diese Demo aber auch gerade jetzt einfallen! In einer Stunde wäre es zu spät und alles klar. Jetzt muss ich mich wieder mit meinem schlechten Gewissen herumplagen, einer alten Krankheit, die mir auch diverse therapeutische Sitzungen nicht haben wegbeamen können.

Sechzehn Uhr und vierzehn Minuten, du lieber Himmel!

Was soll ich in meinem Alter überhaupt noch auf einer Demo, da kann ich ja gleich zur Techno-Nacht in irgendeiner Vorstadtdisco aufkreuzen und mich lächerlich machen. Heute ist das junge Gemüse an der Reihe, sollen die doch Bettlaken bemalen und vor der amerikanischen Botschaft schwenken, ich spüre sowieso alle meine alten Knochen, gestern Abend im »Malibu« war ich hochmotiviert, sogar in der »Power Hour« habe ich mich geschunden.

Sechzehn Uhr und einundzwanzig Minuten.

Vielleicht sollte ich Cleo anrufen. Cleo heißt natürlich nicht wirklich Cleo, sondern Edeltraud, aber so kann man heutzutage einfach unmöglich heißen, der Name Edeltraud wird frühestens in zwei Generationen wieder ultracool sein. Da mir ein ständig quengelndes Handy nicht in die Handtasche kommt, eine der Marotten, die ich mir großzügig gönne, muss ich nach einer Telefonzelle Ausschau halten. Schräg gegenüber in der Bahnhofshalle befindet sich ein Metallkäfig, in dem es riecht wie im Panthergehege im Zoo, aber zum Glück hängt ein Apparat an der Wand, der meine Zwanzig-Cent-Münzen ohne Widerrede schluckt. Ich wähle Cleos Nummer und muss dazu nicht einmal in dem Zettelsalat in meiner Tasche kramen, vielleicht reichert das Gestrampel auf dem High-Speed-Flower-Power-Rad ja wirklich meine abgeschlafften grauen Zellen mit Sauerstoff an, angenehm überrascht lausche ich dem Summen im Hörer.

»Ja!«

Cleo klingt wie die Direktorin vom »Frauenknast«, nur strenger.

»Hallo, alte Schachtel«, sage ich freundlich, »du kannst natürlich weiter zu Hause herumhängen und Aufsätze bebrüten, aber ich hätte da einen Vorschlag. Er klingt allerdings etwas schräg, das gebe ich schon zu, aber was hältst du von der Demo, die heute noch vor der amerikanischen Botschaft stattfindet, ichweißichweiß, es hört sich wirklich komisch an, aber man sollte doch etwas tun, findest du nicht, wenn dieser Bush vielleicht einmal *uns* für Terroristen hält, dann wären wir doch auch froh, wenn der Rest der Welt ...«

»Alma!«

Cleo klingt nun wie die Direktorin vom »Frauenknast«, nachdem eine Ausbrecherin mit blutender Nase in ihr Büro zurückgeschleift worden ist, beleidigt werfe ich eine Handvoll Münzen nach. Vor dem Pantherkäfig stehen mittlerweile drei Jugendliche mit Pudelmützen und blicken wenig freundlich zu mir herein. Ich blicke wenig freundlich zurück. Vielleicht sollte ich noch das Thai-Chi-Kickboxen im »Malibu« buchen, oder nein, ich werde mir einen Pfefferspray zulegen, das erscheint mir die weniger anstrengende Variante.

»Demo!«, blafft Cleo durch die Leitung. »Ist das dein Ernst? Ich finde dieses ganze Gebombe ja auch fürchterlich, aber deswegen muss man doch nicht gleich, also, ich weiß nicht, du hast vielleicht Ideen! Weißt du, wann ich das letzte Mal auf einer Demo war? Vor hundert Jahren, wie diese altkatholischen Fundis vor der Abtreibungsklinik Wache geschoben haben, kannst du dich noch erinnern? Waren das Zeiten ...«

Cleo schwelgt in Erinnerungen, die Gang vor der Telefonzelle ist wohl nicht länger mit scharfen Blicken in Zaum zu halten.

»War nur so eine Frage, vergiss es«, versuche ich Cleo zu besänftigen. »Ich rufe wieder an, ciao!«

Die Pudelmützen sehen nicht so aus, als ob sie von der Demo überhaupt wüssten. Und für diese Generation soll ich quer durch die saukalte Innenstadt marschieren und mir eine Blasenentzündung holen? Vielen Dank, nicht mit mir. Ich werde mir eine heiße Schokolade spendieren, aber ohne amerikanische Muffins. Das erscheint mir für heute Engagement genug.

Ich lebe allein, aber ich bin nicht einsam.

Dieser abgedroschene Spruch trifft auf mich zu und auf ungefähr siebenundneunzig Prozent der Menschen, also Frauen, mit denen ich zu tun habe. Manchmal habe ich das Gefühl, dass es eine unsichtbare Demarkationslinie gibt, von der niemand spricht: die Grenze zwischen der Welt der Paare und der Welt der Singles. Diese Trennung existiert so eindeutig wie jene zwischen Rauchern und Nichtrauchern oder zwischen Vegetariern und Steakessern. Bloß tun wir alle so, als ob wir nichts davon wüssten. Wer in der Welt der Paare gelebt hat und durch eine unglückselige Verkettung von Umständen hinaus ins Singledasein geschleudert wird, der wiegt sich noch einen kurzen Zeitraum lang in der Illusion, dazuzugehören: zu den Einladungen und zu den gemeinsam geplanten und verbrachten Urlauben, zu verschwörerisch geführten Gesprächen über schnarchende Ehemänner, die einem nachts den Schlaf rauben, und über die Pläne für den Lebensabend auf Mallorca. Aber irgendwann ist es so weit, an einem einsamen Sonntagnachmittag oder mitten in der Nacht oder knapp vor Weihnachten, und die Sachlage erscheint plötzlich so klar und kalt wie die Anzeige der Digitalwaage: Single. Single, allein, aber nicht einsam. Single mit vielen Freunden, was braucht man mehr. Single, und keiner raubt dir den Schlaf in der Nacht.

Gerade habe ich die Tür zu meiner Wohnung aufgesperrt. Oberster Stock, Altbau, drei sonnige Zimmer plus einer lauschigen kleinen Terrasse mit Blick über die Dächer der Stadt. Das Telefon läutet, aber ich widerstehe dem Drang, hinzulaufen und abzuheben. Höchstwahrscheinlich bloß Robert, der Mann, zu dem meinen Freundinnen immer der gleiche Satz einfällt: Sei froh, dass du kein Kind von ihm hast. Ich bin ja froh darüber ... oder auch nicht, je nachdem, in welcher Stimmung ich gerade dümple. Ob es gar so schlimm wäre, wenn ich einen Gencocktail von uns beiden produziert hätte? Ein Kind mit Löckchen wie Uschi Obermaier? Unpünktlich wie der Vater und sensibel wie die Mutter? Mit unverwechselbaren Ohrmuscheln wie Robert? Was der wohl wieder will? Sich ausweinen, vermutlich, die jüngste Eroberung meines Exmannes ist eine kapriziöse Pädagogikstudentin mit Hang zum Esoterischen. »Robbies« Wohnung wurde bereits ausgependelt, er selbst mit Bachblütenessenzen tiefengereinigt. Ich lausche seinen Berichten mit klammheimlicher Schadenfreude.

Das Telefon läutet wieder, und diesmal kann ich natürlich nicht widerstehen, wer weiß, vielleicht »falsch verbunden«, so wie es in diesen romantischen Hollywood-Komödien immer passiert, am anderen Ende der Leitung ist ein Unbekannter, mit dem man sich nach diversen Verwicklungen zu einem Blind Date trifft. Er tut so, als ob er Pizzabäcker wäre, aber in Wirklichkeit handelt es sich um den Erben jenes Kosmetikkonzerns, der sich weltweit gegen Tierversuche einsetzt, er ...

»Hallo, Alma«, sagt Cleo. »Du, das tut mir echt leid, meine blöde Reaktion von vorhin. Ich muss ja geklungen haben wie diese Condoleezza höchstpersönlich. Natürlich sollten wir da mitgehen, klar, logo. Du hast mich einfach nur auf dem falschen Fuß erwischt, das war vielleicht wieder ein Tag, manchmal könnte ich den nächstbesten, der zur Tür hereinkommt oder anruft, einfach erwürgen. Also, was ist, wo findet die Revolution statt, ich bin dabei, hasta la vista, baby!«

»Die Demo ist schon vorbei«, sage ich wenig bekümmert. »Aber es gibt sicher bald wieder eine. Apropos hasta la vista, hast du schon von diesem neuen Mexikaner hinter der Uni gehört? Angeblich servieren sie dort eine Guacamole, die nicht nach grüner Pappe schmeckt! Dazu könnten wir ein paar salzige Tränen in die Margheritas weinen, um unsere Jugend und die Revolution und die Männer, die auf unseren empfindsamen kleinen Seelen herumgetrampelt sind, was hältst du davon?«

»Also, das ist endlich mal ein Vorschlag«, freut sich Cleo. »Venceremos, Baby!«

Statt zur Demo zum Mexikaner, immerhin. Sergio Leone würde mich verstehen.

※

Spitze Schuhe sind gerade für ein, zwei Saisonen wieder modern geworden, so wie Audrey Hepburn sie trug in »Charade« mit Cary Grant oder in »Frühstück bei Tiffany«. Wenn einer der alten Schinken im Kabelprogramm läuft, dann machen wir Freundinnen einen Rundruf, damit nur ja keine ihn versäumt. Anschließend klingeln und piepen und mailen wir einander wieder an, und seufzen und trauern: Waren das noch Zeiten, als die Frauen so elegant und die Männer so atemberaubend lässig und cool waren, als man noch zu flirten verstand und Wange an Wange tanzte, auf einem funkelnd erleuchteten Boot, das unter den Seine-Brücken hindurchschipperte. Ach ...

Die Schwarz-Weiß-Eleganz der sechziger und siebziger Jahre, wir trauern ihr nach wie dereinst unsere Urgroßmütter dem Blumenkorso zu Kaisers Geburtstag. Bloß, in unseren Teenagerjahren, da wollte keine etwas von Stöckelschuhen und Cocktailkleidern wissen, unter Schlabberpullis versteckten wir unsere Körper, denen wir heute nachweinen, und über Typen mit Anzug und Krawatte haben wir uns krummgelacht. Die Männer, in die wir unsterblich verliebt waren, trugen die Haare stets zu lang und wurden aus anständigen Lokalen hinauskomplimentiert, nächtelang sind wir mit ihnen eng umschlungen durch die Kälte gestapft und haben uns den Schnee von den Lippen geküsst. Blöderweise konnten wir es später nicht beim Küssen belassen, sondern mussten unbedingt Diskussionen ohne Ende vom Zaun brechen, Hilfe im Haushalt, Pinkeln im Sitzen, richtig Streicheln im Bett, blablabla.

Heute sind unsere Geliebten von damals verunsicherte Abziehbilder, die sich verweigern oder Zuflucht bei der Generation der Töchter suchen, so wie Robert, vor gleichaltrigen Frauen nehmen sie schreckensbleich Reißaus, und manchmal, nur ganz für mich allein, denke ich mir, dass ich sie verstehen kann.

Die Werbung ist vorüber, das Fernsehbild flimmert vor meinen Augen, aber ich kann mich einfach nicht aufraffen, endlich abzudrehen und ins Bett zu gehen. Bagdad ist mir fast schon vertraut, ich kenne es zeitig in der Früh, wenn die Sonne die Dächer vergoldet und Rauchfahnen am Horizont aufsteigen als Erinnerung an die Bombardements der Nacht. Ich kenne es bei Tag, wenn Lastwagen durch die Stadt rasen und Menschen die Häuserfronten entlanghasten, alles aufgenommen aus der Perspektive des Militärhubschraubers. Auf den Märkten wird um Wasser gefeilscht, in den Krankenhäusern halten Mütter ihre verletzten Kinder in die Kameras der Pressefotografen.

Neben mir auf dem Sofa liegt mein alter Schulatlas, ich habe die Karte »Vorderer Orient« aufgeschlagen, das Land an den Strömen Euphrat und Tigris nimmt sich ziemlich kärglich darauf aus. Als ich den Atlas noch in meinen Ranzen packte, da lag Mesopotamien so unendlich fern, und im Deutschunterricht mussten wir das Märchen »Der Kalif von Bagdad« nacherzählen. In meiner Vorstellung bewegten sich Bagdads Bewohner hauptsächlich mittels fliegender Teppiche fort, trugen samtene Pantoffel und schmauchten aus Wasserpfeifen. Die Frauen waren Prinzessinnen und Sklavinnen, die von Ali Babas Räubern abwechselnd geraubt oder befreit wurden. Und alle schienen sie so unglaublich weit weg, niemals hätte ich mir träumen lassen, dass ich sie dereinst betrachten würde spät in der Nacht, wie Ameisen unterm Mikroskop.

Rhym Brahmini erscheint auf dem Bildschirm, die mandeläugige CNN-Sonderkorrespondentin vor Ort, sie redet immer so schnell wie eine Maschinenpistole, und lächelt dazu und streicht sich die Haare aus dem Gesicht, denn der Wind scheint ständig zu wehen am Tigris. In Bagdad beginnt gerade ein neues Bombardement, meldet Rhym Brahmini, aber ich gehe nun zu Bett.

❖

Der Pool liegt da wie eine Meeresgrotte auf Capri. Türkis schimmernd, seidig plätschernd, unter einer nachtblauen

Kuppel. Dabei ist es bloß das Schwimmbecken vom »Malibu«, mein liebster Aufenthaltsort in diesem Etablissement. Das Herzstück sozusagen, die Besitzer haben keine Kosten gescheut, um uns Goldcardbesitzer bei Laune zu halten. Marmorweiße Jünglingsfiguren halten in den Nischen rund ums Wasser Wache, dezente Lichtspots meißeln aus jedem noch so schwammigen Wohlstandskörper einen antiken Athleten.

Heute bin ich etwas früher hier als gewöhnlich, ich habe die Übungen am Low Row und an der Hip Abduction einfach radikal abgekürzt, träge plätschere ich am Rand entlang. Wozu strample ich mich überhaupt an diesen grotesk-obszönen Geräten ab, meine Problemzonen haben sich noch um keinen Deut verbessert, geschweige denn um einen Millimeter verringert, erbittert ziehe ich unter Wasser den Bauch ein. Dabei hat mir dieser hinreißende Trainer aus Toronto doch ausdrücklich versichert, dass bei konsequentem Übungsaufbau nach spätestens einem Monat Erfolge sichtbar sein würden. Und jetzt verbringe ich bereits drei Monate meiner kostbaren Freizeit in diesem Laden, neun Monate muss ich noch abdienen, dann endlich kann ich die Jahreskarte im Sondermüll für Plastik entsorgen. Obwohl, wer weiß, vielleicht bin ich ja ein Spätzünder (wie in so vielem, nebenbei bemerkt), und der Erfolg stellt sich bei mir erst nach einem halben Jahr ein, dafür dann aber umso überwältigender. Meine Brüste werden sich zuckermelonenförmig aufrichten, meine Waden werden gazellenähnliche Konturen annehmen, mein Bauchnabel wird ...

Platsch, ein dunkler Schatten knallt direkt neben mir ins Wasser und lässt Fontänen über den Rand schwappen wie nach einem Raketentreffer, dazu schnaubt es und gurgelt, erschrocken streiche ich mein nasses Haar aus der Stirn. Der Querschläger taucht auf und beginnt durchs Wasser zu pflügen, ich muss an die Flusspferde denken, die ich in einer Reportage über Safaris in Kenia gesehen habe, friedlich anmutende Kolosse, die sich innerhalb eines Augenblicks in wütende Monster verwandeln können. Das Flusspferd ist am anderen Ende des Pools angekommen, wendet prustend und kämpft sich zurück, ich stehe da wie leichte Beute. So geht es hin und her, das gesamte Becken ist in Bewegung geraten, es schlingert und schwappt und spritzt, aber ich habe mich selbst zum Ausharren verurteilt, dieses Ungeheuer wird mich nicht vertreiben. Erst nach einer kleinen Ewigkeit nimmt der Spuk allmählich ein Ende. Das Flusspferd, offenbar der Bulle einer größeren Herde, hievt sich prustend aus dem Wasser, schüttelt die Tropfen von seinem massigen Oberkörper, dass sie nur so gegen den nächststehenden Marmorjüngling klatschen, und verschwindet endlich in Richtung Männergarderobe, zum Glück befindet sich kein Gebüsch am Wegesrand, das es markieren könnte.

Ich starre der Erscheinung nach. Nicht, dass Sie mich missverstehen: Ich habe mich im teuersten Fitnessklub der Stadt einschreiben lassen, um meinen Forty-plus-Körper in Form zu halten, aber ganz gewiss nicht, um mir hier einen Mann zu angeln. Obwohl dies natürlich ein angenehmer kleiner Nebeneffekt wäre, da will ich ganz ehrlich sein, einen durchtrainierten Konzernchef würde ich bestimmt nicht mit einer Diskussion übers Pinkeln im Sitzen verschrecken. Aber irgendwie ist das Angebot hier schon sehr enttäuschend. Zu Beginn habe ich mich ja noch am Anblick der erstaunlich vielen gut aussehenden jungen Männer geweidet, die an den Spiegelwänden entlangstolzieren und ihrem Abbild verliebte Blicke zuwerfen. Bis mir Cleo einen unsanften Leberhaken versetzt hat, natürlich nur bildlich gesprochen.

»Ja, hast du denn nicht gewusst, dass das ›Malibu‹ *der* Schwulentreff der ganzen Stadt ist? Mein Gott, Alma, manchmal bist du so was von naiv, das gehört direkt verboten!«

Kleinlaut habe ich ihr beipflichten müssen. Zum Glück war diese Enthüllung keine allzu große Enttäuschung für mich, junge Männer haben mich noch nie in Schwingungen versetzt, weder meine grauen Zellen noch meinen Unterleib. Aber, wie gesagt, so ein Konzernchef in den besten Jahren, frisch geschieden oder verwitwet, die Kinder sind aus dem Haus oder studieren an der Columbia, die Villa am Stadtrand steht leer, im Kamin brennt schon lange kein Feuer mehr, doch dann blicken wir uns an, über den Tresen der Saftbar vom »Malibu« hinweg, und eine sanfte Wärme beginnt zu glosen, die sich immer heftiger ...

Platsch, das nächste Monster ist in den Pool gehechtet, ein schwammiger Dicker in einer schwarzen Badehose mit goldenem Versace-Muster, wie es bereits vorvorletzte Saison völlig aus der Mode war. Mir reicht's für heute, vergrämt klettere ich aus dem Wasser und lasse mit dem Daumen den Rand des Bikinislips gegen meinen nassen Po klatschen. Sollte der schwammige Dicke ein Konzernchef sein, dann hat er eben Pech gehabt.

Nick Robertson sieht aus wie ein Lausbub, ein etwas ältlicher Lausbub, in den grässlichen Hurra-die-Schule-brennt-Komödien der siebziger Jahre hätte er jedenfalls problemlos mitspielen können.

»Hi, Nick«, sage ich, wir grüßen uns bereits wie alte Bekannte. Nun ja, um ehrlich zu sein, fällt die Begrüßung etwas einseitig aus, ich nicke zum Bildschirm hin, aber Nick winkt natürlich nicht zurück. Sein Haarschopf fällt ihm beständig in die Stirn, rund um ihn drängen sich irakische Kinder und feixen in die Kamera. Aber Nick ist Profi durch und durch, in einem amerikanischen Wortschwall informiert er uns, mich, über die Situation vor Ort. Von Saddam Hussein keine Spur, aber sonst alles paletti, die Nacht war ruhig bis auf einige Granateneinschläge, Personen sind nicht zu Schaden gekommen, zurück zu dir, Jim.

»Hi, I'm Jim Clancey in Atlanta.«

»Hi, Jim«, sage ich, natürlich lautlos, wer spricht schon mit einem Fernsehmoderator, nur Verrückte und Einsame, aber ganz sicher nicht eine durchtrainierte Erfolgsfrau in ihren allerbesten Jahren. Jim begrüßt einen Kongressabgeordneten als Gast im Studio, ich gehe in die Küche und mustere den Inhalt meines Kühlschranks, ungefähr zum dutzendsten Mal, seitdem ich nach Hause gekommen bin. Ein Diätjoghurt, eine Piccoloflasche Sekt, ein Salatkopf mit bräunlichen Rändern. Ketchup, eine Tube Mayonnaise und drei Eier, deren Inhalt vermutlich bald schlüpfen würde, wenn sie nicht in einem Kühlregal gelandet wären. Prüfend lege ich eine Hand auf meinen Bauch, prüfend blicke ich an meinen Schenkeln hinab. Das Gefühl von Hunger ist für mich so selbstverständlich wie atmen. Dabei gehöre ich nicht einmal zur wirklich harten, selbstdisziplinierten Fraktion. Okay, okay, zum Frühstück gibt es selbstverständlich nur Knäckebrot mit einem Hauch Diätmargarine, mittags Salat oder Fisch, und ab sechzehn Uhr quäle ich mich sowieso mit Dinner Cancelling. Aber immerhin: Ich esse wenigstens noch AB UND ZU!

Seufzend schließe ich die Kühlschranktür wieder. Um die Versorgungslage der Bagdader Bevölkerung soll es ja nicht zum Besten bestellt sein, bloß in diesem Moment kann ich einfach kein Mitgefühl aufbringen. Und was ist mit mir, bitte schön, würde ich gerne schreien, einfach so, mitten in meiner Küche mit den weißen Holzfronten und der glänzenden Arbeitsfläche, mit den appetitlichen Rezepten an der Pinnwand und den Kräutertöpfchen am Fensterbrett. Und was ist mit mir, bitteschön? Wann habe ich mich eigentlich zum letzten Mal richtig satt gegessen, womöglich im Kreis einer Freundesrunde oder Großfamilie, die Bagdader sollen sich nicht beschweren, ständig sieht man die Frauen um ein Feuer kauern und in irgendwelchen Töpfen rühren, hungriger als die bin ich allemal!

Ich öffne den Kühlschrank wieder und greife nach dem Salatkopf. Dann wasche ich den Salatkopf, schneide sorgfältig den braunen Rand von den Blättern und zerzupfe sie in gefällige kleine Stücke. Gieße einen ordentlichen Schuss fettarmes Joghurtdressing darüber und arrangiere drei Käsecracker appetitlich am Tellerrand. Die Flasche Piccolosekt klemme ich mir unter den Arm und angle im Vorübergehen ein hochstieliges Glas aus dem Regal gleich neben dem Fernsehgerät. Dann setze ich mich wieder zu Jim, der gerade mit der Wetterfee schäkert, und beginne mein Mahl. Eigentlich habe ich es recht gemütlich.

❈

Männer fahren ja angeblich auf starke Frauen total ab, bloß: Die Realität sieht anders aus. Ob Kronprinz oder Rennfahrer, die wirklichen Goldjungen gehen fast immer einer Schlampe auf den Leim. Recht geschieht ihnen, bei mir brauchen sie dann nicht um Mitleid zu betteln, wenn sie nach der Scheidung bis aufs Hemd ausgezogen werden. Von einem dieser Schnuckelchen, die beim Wort »Emanze« zu quieken beginnen, so wie die höheren Töchter früher, wenn sie vor einer Maus auf den Sessel flüchteten.

Ich schaukle auf meinem Drehsessel hin und her, draußen vor den Fenstern braust und gurgelt der Spätnachmittagsverkehr wie ein verstopfter Duschkopf. Mein Büro liegt an einer der zentralen Kreuzungen der Stadt, wenn ich die Augen zusammenkneife, dann nehmen sich die Bremslichter wie ein rot glühender Lavastrom aus, der sich zwischen antiken Tempeln wälzt. Was wohl in Pompeji aus mir geworden wäre? Die erste Feministin der Antike? Oder eine zufriedene Hausfrau und Mutter, die dem Gatten Täubchen im Tontopf serviert hätte? Bei meinem Glück höchstwahrscheinlich eine Sklavin, die ihrem fetten Herrn zu Diensten hätte sein müssen, so einem wie diesem Dicken aus dem »Malibu«. Seit Tagen verfolgt er mich bis in den Whirlpool, ob man sich an der Rezeption eines Fitnesscenters eigentlich über sexuelle Belästigung beschweren kann?

Ich starre auf den Bildschirm vor mir. Der ist genauso trostlos und genauso leer wie ein weißes Blatt Papier. Aber auf dem konnte man wenigstens kritzeln, damals, in der guten alten Zeit. Du lieber Himmel, allmählich merke ich selbst, wie griesgrämig ich werde. Gute alte Zeit – noch vor ein paar Jahren hätte es mich geschüttelt bei dieser Formulierung!

Und jetzt sitze ich also hier, in diesem Drehsessel von Rolf Benz, wie er nur den oberen Rängen vorbehalten ist, einer Pressesprecherin zum Beispiel. Pressesprecherin der MesseAG, um genau zu sein. Besitzerin einer Terrassenwohnung sowie eines alten VW-Käfers und eines kleinen Aktiendepots. Ein Exmann, ganz passabel, mehrere Beziehungen, allesamt Nieten. Forty-plus, noch kein Botox an der Nasenwurzel und kein Silikon im Busen. Mit einem Wort: Es hätte schlimmer kommen können.

Es hätte schlimmer kommen können? Hätte es nicht auch besser kommen können? Grüble ich mich wirklich in diese lächerliche Wohlstandsdepression hinein? Während in Bagdad gerade ... aber ich mag auch nicht an Bagdad denken, verdammt, immer dieses mitfühlende Getue, manchmal macht es mich ganz müde und krank. Spenden und solidarisch und politisch korrekt sein, Bier nie aus Aludosen trinken und Koteletts nur von glücklichen Schweinen essen dürfen.

Ich glaube, ich gehe jetzt ins »Malibu«, am besten in die »Power Hour«, und danach aufs Laufband, körperliche Betätigung hilft gegen Schwermut, das steht doch in allen Lifestyle-Magazinen geschrieben. Vielleicht rennt meine Generation ja gerade deshalb so viel.

Im großen verspiegelten Trainingssaal ist es heute Abend fast gemütlich. Nun ja, nicht ganz so gemütlich vielleicht wie an einem Küchentisch aus blank gescheuertem Birkenholz, um den sich eine glückliche Familie zum gemeinsamen Abendessen versammelt. Aber gewiss gemütlicher als vor dem Fernseher mit einem gelangweilten, ungepflegten Ehemann an der Seite, der in der Nase bohrt.

Faul hänge ich über dem bequemstmöglichen aller Geräte, einer Mixtur aus Schaukel und Kängurubeutel, auf der man nur vornüber zu kippen braucht, um seine Bandscheiben zu entlasten. In dieser, zugegebenermaßen wenig vorteilhaften Stellung verharre ich nun schon seit mindestens einer Viertelstunde und starre ohne jede Zurückhaltung meinen schicken Mitbrüdern und Mitschwestern vom Orden des heiligen Malibu nach. Die ehemalige First Lady ist bereits vorbeigeschwebt, verfolgt vom berühmten Dichter inkognito, die Gattin eines sogenannten Malerfürsten, dazwischen Gesichter, die einem irgendwie prominent vorkommen, aber eben nur irgendwie. Angeblich soll so ein Fitnessstudio ja *der* Ort zur Kontaktaufnahme zwischen den Geschlechtern sein, also das, was früher der Dorfanger war. Bloß, in diesem Laden redet kein einziger Schweinehirt mit dir, alle laufen aneinander vorbei wie ferngesteuerte Zombies.

Eine Frau steigt nun schon seit zwanzig Minuten gegen die Längswand des Saales, auf einem Laufband, das sich stufenförmig abrollt, immer drei Stufen hoch stur gegen die Wand, allmählich mache ich mir Sorgen um ihren Gemütszustand. Ob ich ihr auf die Schulter tippen sollte, einfach so, und »hallo« sagen? Aber womöglich kippt sie mir daraufhin vor lauter Schreck vom Endlostreppchen, und ich muss ihr für den Rest meines Lebens eine Rente bezahlen wegen Arbeitsunfähigkeit aufgrund eines komplizierten Schlüsselbeinbruchs, also besser nicht. Außerdem ziehen hier sowieso ständig irgendwelche Trainer ihre Runden, sollen die sich doch um diesen schweren Fall von Fitnesspsychose kümmern, ich kann mich einfach nicht immer und überall einmischen. Erst vorgestern wollte ich einer Blinden über die Straße helfen, aber die Blinde hat mich bloß angepfaucht, dass sie keine Hilfe braucht, vielen Dank, und ich bin dagestanden und habe mich anstarren lassen müssen, als ob ich der armen Frau die Handtasche hätte stehlen wollen oder Schlimmeres.

Die Frau im lachsfarbenen Trikot steigt noch immer gegen die Wand, also, dieser Anblick ist einfach nicht länger zu ertragen. Ich hieve mich aus dem Kängurubeutel und lasse meine Bandscheiben in die gewohnte Position flutschen. Dann ziehe ich die Hornspange aus meinen Haaren und schüttle ein paarmal meinen Kopf, es knackt und knirscht, aber zum Glück dröhnt gerade ein euphorischer Bericht von der New Yorker Börse aus allen Boxen, die Aktienkurse steigen, yeah, der Krieg kurbelt die Wirtschaft an. Ob ich mir noch einen Apfel-Karotten-Shake an der Bar spendieren soll? Zu Hause warten zwar Nick und Jim auf mich, aber die Jungs sind ja zum Glück treue Seelen, ein Klick an der Fernbedienung, und schon leisten sie mir Gesellschaft.

Die Saftbar des »Malibu« befindet sich in einem echten Palmenhain, der täglich von der Putzfrau gegossen und besprüht wird, und außerdem von speziellen Lichtspots bestrahlt, die den Palmwedeln vermutlich die Sonne auf Trinidad vorgaukeln sollen. Zum Glück ist der Tresen leer, oder besser gesagt, fast leer, mein schwammiger Verehrer lehnt bereits daran. Verdammt, ich kann ja schlecht auf dem Absatz kehrtmachen, wie würde das denn aussehen, als ob ich Reißaus nehmen wollte vor so einem Wicht. Also steuere ich mit meiner allercoolsten Miene den Hocker am rechten Rand an, zum Glück steht Zdenka hinterm Tresen, die junge slowakische Barfrau, und poliert Glaskelche. Wir schenken uns ein huldvolles Lächeln, von Frau zu Frau sozusagen, ich die Ältere und Erfolgreichere, Zdenka die Jüngere, das zählt doppelt, also sind wir quitt, und ich bestelle einen Apfel-Limetten-Cocktail mit Hibiskusblüte.

Der Saft rinnt frisch gepresst und kühl durch meine Kehle, aber eine schwammige Stimme hindert mich am Genuss: »Kennen wir uns nicht schon?«

Ich lächle tapfer, ein männliches Wesen zeigt Interesse an mir, immerhin, laut Statistik werden Frauen meines Alters ja eher Opfer einer Zugkatastrophe als eines Triebtäters. Mein Flirt hat sich überraschend geschmeidig herangepirscht und lehnt nun neben mir, seine Augenbrauen befinden sich in Höhe meiner Brustwarzen, Zdenka lächelt milde. So stehen wir da und schäkern, ein Paar im besten Alter.

»Wie war Ihr Name doch gleich?« Der Mann zu meiner Linken will es heute Abend wirklich wissen.

»Alma«, gebe ich zurück, mehr gedenke ich nicht preiszugeben.

»Ahhh, Alma! Aber das war doch ... natürlich ... es liegt mir auf der Zunge ... da gab es doch diese berühmte, also, wie soll man sagen, diese berühmte, nun ja Kokotte, nicht wahr, hoho!«

»Sie meinen Alma Mahler-Werfel«, sage ich sanft. »Ja, wahrscheinlich haben Sie recht, die dürfte wohl ein ziemlich berechnendes Luder gewesen sein, und dabei doch eher dicklich, tja ...«

Ich lächle meine Eroberung herzlich an, aber meiner Eroberung fällt das Zurücklächeln etwas schwer. So stehen wir da und schlürfen unsere Cocktails bis zur Neige, dann empfiehlt sich der Mann neben meinen Brustwarzen mit einer knappen Verbeugung. Na fein, damit hätte ich also meine vermutlich letzte Chance auf schnellen Sex in diesem Leben vergrault, Zdenka wirft mir einen unergründlichen Blick zu. Ich bestelle am besten noch einen Espresso, das wird eine lange Nacht, Nick und Jim brauchen von meinem Getändel ja nichts zu wissen.

✦

Hi Nick, sage ich, lautlos und ziemlich besorgt, denn die Boys von CNN sind mir in den vergangenen Wochen richtig ans Herz gewachsen. Wie eine Familie, oder nein, besser noch, wie eine bunt zusammengewürfelte WG hocken wir allabendlich zusammen und beobachten das Geschehen, die ganzen Online-Kontaktbörsen und Flirt-Chats können mir gestohlen bleiben. Mittlerweile bin ich zu einer regelrechten Militärexpertin herangereift, in den zahllosen Diskussionsrunden, die auf allen Sendern tagen, könnte ich problemlos mitquasseln. Blackhawks and Green Berets, Smart Bombs and Blackout Bombs, das Vokabular dieses Krieges ist mir nach langen Nächten vor dem Fernsehgerät so geläufig wie meine Kalorientabelle.

Chefkorrespondent Nick Robertson steht gerade in einer Wolke aus flimmerndem Wüstensand und trägt schwer an seiner kugelsicheren Weste. Panzer rollen vorbei, dazu hört und sieht man am Horizont das Einschlagen von Granaten. Die Crew befindet sich irgendwo entlang der Straße nach Samarra, das amerikanische Oberkommando hat ausgewählten Journalisten gestattet, die kämpfende Truppe zu begleiten, »embedded«, also »eingebettet« heißt das im Militärjargon. Allerdings dürfen sie keine detaillierten Informationen über ihren Aufenthaltsort geben, das ist natürlich ein bisschen blöd, kann man denen jetzt trauen oder nicht? Vielleicht steht Nick Robertson mitsamt seinen Kollegen ja gerade in einem Filmstudio am Sunset Boulevard in West Hollywood, und Mesopotamien wurde unter einer riesigen Kuppel detailgetreu nachgebaut. Aber ich schüttle diesen Gedanken schnell wieder ab, ziemlich beschämt, hier sitze ich gemütlich zusammengekauert auf meinem Multy-Sofa von Ligne-Roset, dem ultimativen Gästebett für schicke Singles, und wage es zu bezweifeln, dass die Jungs da draußen ihr Leben riskieren.

Die Jungs da draußen? Und was ist mit den Frauen, bitte schön, ich erteile mir selbst einen scharfen Verweis. Die Sonntagsbeilage der Tageszeitung liegt aufgeschlagen auf dem Sofa neben mir, die Titelgeschichte über »Neue Amazonen« ist den kämpfenden Frauen im Irak-Krieg gewidmet, mehr als dreißigtausend US-Soldatinnen sind schon vor Ort. Wie Yedi-Ritterinnen steht ein Trüpplein von ihnen da, breitbeinig in grünbraun gefleckten Tarnanzügen, mit dreckverschmierten Gesichtern und Laub am Helm, jede hält eine schwere Waffe in der Hand. Ich weiß nicht so recht, ob mir das Bild gefällt. Aber sollen wir Frauen denn immer bloß Opfer sein, nicht auch mal … nun ja, Täterinnen ist vielleicht nicht ganz das passende Wort, aber selbstverantwortlich und selbstbestimmt, bloß steht in dem Artikel auch ein ganzer Absatz über den neuesten Sexskandal an einer Militärakademie, sechsundfünfzig weibliche Kadetten sind dort während der vergangenen Jahre angeblich vergewaltigt worden, hört das denn nie auf, selbst wenn wir wissen, wie man eine Handgranate zündet?

Eine junge Amerikanerin sieht mich an, aus der aufgeschlagenen Sonntagsbeilage heraus, mit diesem selbstbewussten Ausdruck im Gesicht, der sich wahrscheinlich einstellt, wenn man einen A-10-Kampfbomber zu landen weiß. Laut Bildunterschrift hat sich Leutnant Lindsay Delaney aus North Carolina freiwillig gemeldet für den Einsatz im Irak, sie liebt ihren Job und das Militär, weil es ihr so wunderbare Aufstiegschancen bietet, ihr Einsatz steht unmittelbar bevor. Ich starre Leutnant Delaney an. Soll ich mich mit dir freuen? Bist du jetzt ein Feindbild oder eine Verbündete, Lindsay?

Damals, als ich noch die Power besaß, nächtelang über Vietnam zu diskutieren, hat sich diese Frage bequemerweise nicht gestellt. Frauen waren entweder Musen wie Uschi Obermaier oder Madonnen wie Gretchen Dutschke, die ihrem Rudi einen Sohn namens Hosea Che gebar und ihm vermutlich die T-Shirts wusch. Sie wissen nicht, wer Gretchen Dutschke war? Ach, Kind …

Cleo nuckelt ihr Corona-Bier aus der Flasche, die stilecht mit einer Zitronenspalte zugestöpselt ist, wie ein Säugling, der Trost bei seinem Griesbrei sucht. Ich halte mich lieber, à la Queen Mum selig, an Gin Tonic, dazu ein Schälchen mit grünem Avocadobrei und eine Hand voll Chips, heute Abend pfeife ich ausnahmsweise aufs Dinner Cancelling. Das Ambiente ringsum bietet das gewohnte Bild einer großstädtischen In-Location nach zwanzig Uhr: ein halbes Dutzend Tische voller Frauen, dazwischen zwei schwule Kellner. Die Eingangstür fliegt auf und neue Gäste entern das Lokal, drei Freundinnen, denen bei unser aller Anblick beinahe das Kichern vergeht.

»Jetzt können wir gleich gemeinsam menstruieren«, lässt sich Cleo griesgrämig vernehmen, »das soll doch so sein, wenn nur Frauen zusammenleben, in WGs und Klöstern und so, habe ich jedenfalls irgendwo mal gelesen.«

Ich würde ja gerne protestieren und Frohsinn verbreiten, aber dann lasse ich es lieber bleiben. Irgendwie fühle ich mich heute Abend total schlapp, wahrscheinlich bin ich es einfach nicht mehr gewohnt, so spät noch Nahrung zu mir zu nehmen. Stattdessen vertraue ich Cleo meine neuesten Überlegungen an.

»Hast du schon von diesem Bestseller gehört, du weißt schon, über die Alterspyramide, die langsam aussieht wie ein Atompilz. Aber ich meine jetzt gar nicht die Rentenversicherung und all das Zeug. Also, manchmal erscheint mir unsere hohe Lebenserwartung wie die neue Geißel der Menschheit, ganz ehrlich, so wie die Pest früher. Ich meine, in unserem Alter wären wir vor hundert Jahren einfach zahnlose Greisinnen gewesen und kein Mensch hätte erwartet, dass wir über jede Feuilletonseite Bescheid wissen und einen Körper vorweisen können wie eine Sportstudentin im ersten Semester. Also, manchmal stelle ich mir das richtig gemütlich vor.«

Nach dieser Rede muss ich mich mit einem tiefen Schluck Gin Tonic stärken, Cleo starrt mich fassungslos an. Nun ja, den Vergleich mit den zahnlosen Greisinnen hätte ich ihr wohl besser ersparen sollen, man ist nicht jeden Tag in der Verfassung, die Wahrheit zu verkraften.

»Also, das kann doch nicht …«, hebt Cleo an, aber ich höre nicht weiter hin, denn soeben haben zwei weitere Gäste diese schicke neue pseudomexikanische Cocktailbar betreten. Sogar ein Mann ist dabei, ein Mann, der mir verdächtig bekannt vorkommt, er ähnelt doch tatsächlich meinem schwammigen Ex-Verehrer aus dem »Malibu«, und die junge Frau an seiner Seite ist ganz eindeutig unsere Zdenka, also, das kann doch nicht …

Fassungslos starre ich Cleo an, die folgt meinem Blick und zuckt wenig beeindruckt mit den Achseln: »Und?«

»Und?«, äffe ich Cleo nach. »Für diese Generation haben wir uns den Hintern aufgerissen, falls du dich noch erinnern kannst, die da könnte meine Tochter sein, und was hat sie von mir gelernt, bitte schön?«

Zdenka und der Schwammige haben sich an einem Tischchen in einer Nische niedergelassen, unsere Barfrau aus dem »Malibu« wirft Blicke um sich, als ob sie den Hauptpreis in der Klassenlotterie an Land gezogen hätte, also ich an ihrer Stelle würde mich nur hinter einer Burkha neben diesem Typ in der Öffentlichkeit zeigen.

Cleo zuckt schon wieder die Achseln. »Was glaubst du eigentlich, wie's mir so geht, jeden Vormittag? Wenn meine

Girlies aus der Unterstufe an mir vorbeischlendern mit gepierctem Nabel und ›Fuck me‹ am T-Shirt aufgedruckt? Was glaubst du vielleicht, wie mir dann zumute ist, bitte schön? Und wenn du ihnen sagst, dass sie sich nicht zum Sexobjekt stylen sollen, dann sehen sie dich an wie eine Ausgrabung aus dem Paläozoikum! Ich habe die Nase manchmal so was von voll, sollen sie sich doch betatschen lassen, diese dummen Hühner, von mir aus, ich kann ja sowieso nicht verhindern, dass ...«

Laberlaberlaber. Rechts von mir erbricht die gute alte Edeltraud, ähh Cleo, ihren Frust, links von mir lässt sich Zdenka vom Schwammigen betatschen. Also, was die Lage von uns Frauen angeht, kann es im Irak nicht viel schlimmer sein.

※

Und dafür haben wir uns vor zwanzig Jahren den Hintern, pardon, Po aufgerissen und unsere knackigen Uschi-Obermaier-Körper unter Latzhosen versteckt? Dafür?

Ich blicke um mich, wie eine Überlebende aus dem Paläozoikum, die dank Matrix ins einundzwanzigste Jahrhundert geschleudert worden ist. Spindtüren aus lackiertem Metall klappen auf und zu, perfekt modellierte Wesen wippen und stöckeln vorbei. In Beverly Hills soll es ja angeblich keine einzige Frau über vierzig mehr geben, die noch einen normalen, ihrem Alter entsprechenden Hängebusen aufweisen kann. Ich blicke an meinem Körper hinab. Also, hier im »Malibu« gibt es auf jeden Fall noch *ein* solch exotisches Wesen. Aber dann ziehe ich rasch mein altes ausgebleichtes Fruit-of-the-Loom-T-Shirt über den Kopf, wer weiß, wie lange man solche wie mich in diesen Räumen überhaupt noch duldet. Denn in der Frauengarderobe vom »Malibu« herrscht eine Disziplin, an der sich jeder Polizeihund ein Vorbild nehmen könnte. Es wird gebürstet und geföhnt und gesprayt, gecremt und geknetet, getuscht und gezupft, gemalt und nachgestrichelt. Eine Mittzwanzigerin windet sich gerade in einen Body aus schwarzen Spitzen, gegen den die Fischbein-Korsagen unserer Urgroßmütter eine wahre Wohltat gewesen sein müssen. Dazu hauchdünne Strümpfe, selbstverständlich halterlos, mit einer handbreiten Borte, die ihr Muster ins Fleisch der Oberschenkel presst. Highheels, obwohl es draußen schneegraupelt und ein eisiger Wind weht. Vielleicht springt die Mittzwanzigerin ja hauptberuflich aus Geburtstagstorten, so wie bei den Partys der Mafiabosse, und hat sich einfach in ihre Arbeitskleidung gezwängt. Vielleicht ist sie aber auch eine ganz normale junge Juristin oder Immobilienmaklerin, die in ihr ganz normales Businessoutfit geschlüpft ist.

Die Gattin des Malerfürsten sitzt vor der breiten Konsole mit der vorteilhaften indirekten Beleuchtung und klopft bereits seit Minuten wasserfeste Foundation in ihre Wangen. Nun kommen ein perfekt geschwungener Lidstrich darüber und ein Dutzend Bürstenstriche wasserfeste Mascara, die Gattin des Malerfürsten sieht jetzt aus wie eine Mixtur aus Victoria Beckham und Nofretete. Ein letzter Blick noch in den großen Wandspiegel, und das Gesamtkunstwerk entschwindet in Richtung Sauna, wir alle starren ihm zutiefst beeindruckt nach. Der Malerfürstengattin wegen habe ich sogar einmal meine tiefe Abneigung gegen Saunahitze überwunden und bin ihr in unser Sibirisches-Taigaholz-Stüberl gefolgt, wo männliche und weibliche Clubmitglieder ganz cool nebeneinander schwitzen. Die wasserfest bemalte Gattin des Malerfürsten hat den Aufguss locker überstanden, nichts ist zerronnen oder verschmiert, ich hingegen war bereits nach wenigen Minuten dem Kollaps nahe, dabei bin ich nicht einmal mit einem Krümelchen Make-up belastet gewesen.

So sitze ich da in meinem alten, verwaschenen und ausgeleierten Fruit-of-the-Loom-T-Shirt, das schon so mancher Lover am Frühstückstisch erblicken durfte, und starre trübsinnig um mich. Wenigstens macht der Anti-Aging-Terror auch vor dem jungen Gemüse nicht halt. Immer mehr Küken unter dreißig lassen sich eine Zahnspange verpassen, dieser Trend fällt mir schon seit geraumer Zeit auf, dabei verfügen sie allesamt über die makellosen Gebisse der Generationen nach Kariesbefall und Fluortabletten. Aber mit funkelndem Metall im Mund besteht offenbar eine erhöhte Chance, für neunzehn statt für vierundzwanzig gehalten zu werden, und wer von uns macht sich nicht gerne um ein paar Jahre jünger, aber will ich mich hier eigentlich zur weisen alten Frau aufspielen, oder wie oder was?

»Verzeihung, ist das Ihr Badetuch?«

Ein überirdisch graziles Wesen, vermutlich Primaballerina an der Oper oder Stangentänzerin im »Crazy Horse«, deutet ein klein wenig indigniert auf den feuchten Lappen, der das Garderobenkästchen neben meinem blockiert. Entschuldigungen murmelnd räume ich mein blau-weiß-gestreiftes Frottee beiseite. Respekt vor dem Alter zählt vielleicht in Bagdad, aber nicht im »Malibu«.

»... weshalb das gewandelte Bild der Frau in unserer westlichen Gesellschaft auch zu neuen Dimensionen der Lebensqualität geführt hat. Frauen haben sich Bereiche erobert, die ihnen vor ein, zwei Generationen noch verschlossen waren, internationale Unternehmen heutzutage haben diesen Trend längst erkannt und bieten deshalb ...«

Blablabla. Solche Sätze produziere ich wie ein Laubfrosch seine Laichschnüre, sie quellen aus mir direkt in die Tastatur, werden korrigiert und ein wenig aufpoliert, zum Schluss wird ein Hochglanzprospekt aus ihnen, den adrette Hostessen am Messeeingang verteilen. »La Donna« steht bevor, wie jedes Jahr, die große Herbstmesse rund ums Thema »Frau«, heuer haben wir uns für den Schwerpunkt »Karrierefrauen« entschlossen, nein, wie originell, sogar eine EU-Kommissarin hat ihr Kommen zugesagt.

Clemens steckt seinen kurz geschorenen Kopf mit den sorgfältig ausrasierten spitzzulaufenden Koteletten, die ihm Ähnlichkeit mit einem Flamencotänzer verleihen, schon zum wiederholten Mal zur Tür herein. Clemens, mein Assistent sozusagen, wenn ich ein Mann wäre und Clemens eine Frau, dann wäre »Clementine« ganz bestimmt meine Sekretärin, aber für einen Mann ist so eine Berufsbezeichnung natürlich nicht zumutbar. Merke: Ist eine Frau der Boss am Hof, dann wird aus jedem Knecht ein »Assistant Manager«.

»Alma, die Konferenz ist um eine dreiviertel Stunde verschoben«, lässt Clemens mich wissen, er spricht mich gerne mit meinem Vornamen an, das ist erstens bei uns so üblich, und zweitens ist es dann für Clemens, der sein Public-Relations-Studium in Rekordzeit absolviert hat, leichter zu ertragen, dass ich noch immer hier sitze, alt und tattrig, statt ihm endlich Platz zu machen und mich ins Damenstift zurückzuziehen.

»Danke, Clemi«, rufe ich zurück, und Clemens schließt die Tür um ein Nanodezibelchen zu laut, wer will es ihm verdenken, eine wie mich zur Chefin, das zerrt an den Nerven des stärksten Kerls.

»... deshalb hat es sich ›La Donna‹ zur Aufgabe gemacht, eine Bestandsaufnahme der gesellschaftlichen Situation der emanzipierten Frau mit all ihren Facetten und ...«

Blablabla. Nach Feierabend gehe ich dann zum Zeitschriftenkiosk unten an der Ecke und spendiere mir den neuesten Stoff für eine emanzipierte Frau mit Gehirnerweichung: Schlank, fit und schön in drei Tagen. So beißt er sicher an. Fünfundsiebzig Sommerfrisuren für kinnlanges Haar.

Dann gehe ich nach Hause und erschieße mich.

❦

Wolfi ist der Typ Mann, dem man lieber einen blasen würde statt ihn zu küssen. Wenn Wolfi viel redet (und das tut er praktisch pausenlos), dann sammelt sich die Spucke in seinen Mundwinkeln und verklumpt zu einem weißlichen Belag. Wolfi redet und redet, und ich schaue ihm dabei zu.

»Mit der Alina ist es einfach fantastisch im Bett«, informiert mich Wolfi gerade. »Wir haben jeden Tag Sex, also einfach fantastisch, diese Frau ist einfach ...«

Wolfi vollendet seinen Satz nicht, diskret, wie er nun einmal ist, denn der Kellner erscheint und stellt eine Platte mit gegrillten Meeresfrüchten auf den Tisch. Wolfi wischt sich voller Vorfreude mit der Serviette über den Mund, gleich wird er mir ein bisschen sympathischer. Ich angle nach einer Languste, bevor mein Gegenüber sie mit Spucketröpfchen besprühen kann.

»Also, die Alina ist einfach eine Granate im Bett«, lässt sich Wolfi nicht beirren und beißt einem Meerestierchen den Rumpf ab, ein spinnenähnliches Bein ragt kurz aus seinem Mund hervor. »Dabei ist sie nicht einmal übermäßig attraktiv, eher so, na, wie sage ich immer, so mittelsexy eben, aber im Bett ...«

Und Wolfi saugt verklärt an einem Tintenfischrumpf, ich stochere im Salat herum, dabei war ich vor einer halben Stunde so hungrig wie eine Wölfin im Schnee. Noch dazu werde ich diese unerquickliche Mahlzeit finanzieren müssen, wenn Wolfi nicht gerade Sex mit Alina hat, dann ist er nämlich der zuständige Referent der Stadtverwaltung für die Sicherheitsvorschriften der MesseAG, und dies hier ist ein Arbeitsessen, sozusagen. Auf der weißen Porzellanplatte befinden sich mittlerweile nur mehr zerfließendes Eis und ein paar schrumpelige Zitronenspalten, Wolfi pult mit dem Nagel seines kleinen Fingers zwischen den Zähnen herum.

»Wie wär's mit einem Dessert?«

Ich nicke widerstandslos, Wolfi winkt mit seinem kleinen Finger den Kellner herbei. Vor mehr als zwei Jahrzehnten ist Wolfi bei sämtlichen Vorlesungen im Audi Max neben mir geklebt und hat abwechselnd auf meinen Busen geschielt und die Schwätzer in den Reihen vor uns niedergezischt. Er war nicht abzuschütteln, so wie Fußpilz zwischen den Zehen, schließlich habe ich seinetwegen sogar für ein Auslandsstipendium gebüffelt, nur um Wolfi loszuwerden, ein Semester lang habe ich in Bologna studiert, das war richtig aufregend, immerhin habe ich dort Paolo kennengelernt, das ...

»... waren noch Zeiten«, sagt Wolfi gerade, in einem für seine Verhältnisse geradezu versonnenen Tonfall. »Kannst du dich noch erinnern, wie du so verliebt in mich warst? Nun ja, tempus fugit, wie der Lateiner sagt.«

Ich habe nicht einmal mehr die Kraft, ihn mit der Dessertgabel zu durchbohren. Dann ist auch der Obstsalat an Mangocreme überstanden, ich bezahle mit meiner Goldcard, mit der ich seit geraumer Zeit nur mehr unglückselige Rechnungen zu begleichen scheine. Dann stehen wir draußen vor dem Restaurant und Wolfi drückt mir je einen Kuss auf die Wangen, links und rechts, mit fettigen Lippen.

»Jetzt sind wir doch überhaupt nicht zum Beruflichen gekommen, tja, Frauen sind eben immer am Schwätzen, also, ich muss jetzt, mach's gut, Alma, und leg ruhig ein Kilo zu, du weißt ja, wir Männer lieben das Weibliche, haha, nichts für ungut!«

Wolfi eilt davon, und ich blicke ihm nach. Heute bin ich richtig froh, dass ich nur mit meiner Wärmflasche ins Bett steigen werde.

❈

So unbehaglich habe ich mich schon lange nicht mehr gefühlt. Völlig deplatziert, wie auf einem Cocktail, bei dem man keine Menschenseele kennt und alle ringsum plaudern und über geheimnisvolle Andeutungen scherzen. Wie bei einer Konferenz, wenn alle das Kichern nur mühsam unterdrücken können, weil man in der erwartungsvollen Stille vor dem Statement des Chefs von Schluckauf geplagt wird.

Was ist bloß in mich gefahren? Altes Herz wird wieder jung, oder was? Und jetzt stecke ich also mittendrin, mitten in der Freitagsdemo gegen den Irak-Krieg, bereits die dritte Woche legt sie pünktlich zum abendlichen Verkehrsinfarkt sämtliche Kreuzungen der Innenstadt lahm. Autofahrer hupen wie verrückt und gestikulieren wütend aus den geöffneten Seitenfenstern heraus, Passanten am Gehweg schütteln die Köpfe. Irgendwie habe ich das Gefühl, dass unser Marsch ziemlich kontraproduktiv daherkommt, aber jetzt gibt es kein feiges Davonschleichen mehr, tapfer trotte ich dicht hinter meinem Vordermann her und starre auf seine dunkelbraune Cordsamtjacke.

Dabei wollte ich doch nur auf dem raschesten Weg nach Hause, der Tag im Büro ist wieder einmal die Pest gewesen. Ich habe sogar die Absicht gehabt, mir ausnahmsweise noch diese Tomatensuppe mit Croutons zu vergönnen, die im Fernsehen immer so verführerisch beworben wird. Eine Frau brüht das Tomatensuppenpulver mit sprudelndem Wasser in einer Henkeltasse auf, von hinten nähert sich ein Traum von einem männlichen Wesen, schnuppert völlig hingerissen an der Suppe und am Nacken der Frau, dann sinken die beiden, der Mann und die Frau, auf ein kuscheliges Sofa zurück. Schnitt, Cut, den Rest darf sich die vereinsamte Zuseherin selbst ausmalen. Genau diese Tütensuppe wollte ich mir also zubereiten, wer weiß, vielleicht gehört der betörende Typ ja mit zum Superspezialpreissonderangebot, wie die »Bezaubernde Jeannie« oder wie der Geist aus der Tüte, ähh Flasche, der in orientalischen Märchen immer erscheint.

Aber dann ist plötzlich diese verdammte Demo ums Eck von den Museen gebogen, mit wehenden Fahnen und Transparenten und Sprechchören, wie damals ... ein Paar neben mir hat zu schimpfen begonnen, wie damals, und ich bin reflexartig vom Gehsteig auf die Straße gestiegen und habe mich schüchtern am Rand eingereiht, das Paar hat mich völlig verblüfft angestarrt, aber am allerverblüfftesten war wohl ich selber.

Fahnen und Transparente flattern im Wind, Lautsprecherstimmen dröhnen über unseren Köpfen. Widerstand gegen die imperialistische Invasion im Irak, Freiheit für das irakische Volk, Ami go home. Ich fühle mich wie in einem Steven-Spielberg-Movie, »Zurück in die Zukunft« oder so ähnlich, oder vielleicht habe ich ja bloß zu viele Tütensuppen gegessen und leide jetzt an Gastritis und schweren Träumen.

Verstohlen blicke ich mich um, nur TöchterSöhneEnkel NeffenNichten, höchstwahrscheinlich bin ich die älteste Teilnehmerin vom ganzen Zug, die Uroma sozusagen, vielleicht bekomme ich am Schluss der Kundgebung ja sogar eine Plakette verliehen, so wie die drahtigen Senioren, die jedes Jahr im Mai den Frühlingsmarathon überleben.

Hilfe!

Wenn ich wenigstens zur verhüllten Fraktion gehören würde! Zur Speerspitze mit Sehschlitzbankräuberstrickmützen oder den Jugendlichen mit Palästinensertuch, aber nein, hier trotte ich nackt und bloß, und meine Mähne bauscht sich im Wind. Am Gehsteig läuft ein Fotograf neben uns her und blitzt wie wild, kopfschüttelnd blicke ich ins Objektiv, wir sind doch hier nicht auf dem roten Teppich vor einer Tom-Cruise-Premiere, junger Mann. Dann biegen wir in die Fußgängerzone ein, und der Fotograf entschwindet endlich aus meinem Blickwinkel.

Offenbar steht die große Abschlusskundgebung unmittelbar bevor, wir befinden uns fast vor dem Dom. Wie viele Menschen wohl teilnehmen, im Schätzen war ich schon immer schlecht, vielleicht tausend, oder auch siebenhundert, oder eine Million, mit beinahe mütterlichem Stolz schaue ich in die jungen Gesichter. Aber auch ein paar ältere sind dabei, eine Gruppe Frauen, die allesamt aussehen, als ob sie heute Abend noch Spaghetti für hungrige Mäuler kochen müssten, mehrere Pärchen, die eindeutig in Redaktionen und Buchhandlungen ihre Miete verdienen, ein Mann mit einem dunklen Schatten im Gesicht, so als ob er sich wieder einmal rasieren sollte, und einer randlosen Brille, nicht mal unattraktiv ... doch da ist auch schon die stolze Besitzerin an seiner Seite und hakt sich unter und wirft warnende Blicke in die Runde.

Kälte knabbert an meinen Zehen, ein ungemütlicher Wind bläst durch meine viel zu dünne Jacke, die von Herrn Joop nicht unbedingt fürs Demonstrieren designed wurde. Ich beschließe, nach Hause zu gehen und mir eine Suppe zu kochen. So richtig mit Nudeln und Gemüse, heiß und dampfend wie die Liebe, nein, besser, wie die Revolution, und essen werde ich sie mit meinem besten Silberlöffel.

Wie viele Kriege habe ich eigentlich schon erlebt? Den Vietnamkrieg, logo, wenn auch nur als halbes Kind, und dann diese scheußlichen Fehden in Schwarzafrika, Idi Amin, der seine Gegner angeblich an Krokodile verfüttern ließ, und Bokassa und wie sie alle hießen, die Menschenfresser mit den Mützen aus Leopardenfell und einem Nummernkonto in der Schweiz. Viel später dann den Bosnienkrieg, der so unbehaglich nah war. Und den Zweiten Weltkrieg, den habe ich zwar nicht miterlebt (auch wenn Zdenka das ganz bestimmt von mir glaubt), aber für mich und meinesgleichen ist er die Ursache für alle Fragen und alle Aufmüpfigkeit gewesen. Im Geschichtsunterricht haben wir es nie bis Auschwitz geschafft, egal ob wir zu Beginn des Schuljahres bei Hannibal oder im Biedermeier begonnen hatten. Dazu die abweisenden Gesichter der Lehrer und Verwandten, es war wie eine aufregende Expedition in grottentiefe Finsternis, nach Antworten zu forschen.

Der Irak-Krieg kommt mir dagegen geradezu bunt vor, wie eine dieser Endlosserien, »Reich und Schön« oder Prominente im Container, unterbrochen von Werbespots, vielleicht wird demnächst ja sogar ein Wochensieger gewählt.

Schon seit fast einer halben Stunde rudere ich über einen unsichtbaren See, die Rudermaschine steht festgeschraubt auf dem blaugrauen Teppich des »Malibu«, Ufer ist keines in Sicht. Bloß der Bildschirm über unseren Köpfen, allmählich habe ich den Eindruck, dass ich die Einzige hier bin, die ständig zu ihm hochstarrt. Alle anderen keuchen und stemmen, ohne je dem Geschehen auch nur einen einzigen Blick zu gönnen, einfach cool.

Soeben ist der Präsident im Hubschrauber aus Camp David eingetroffen, auf dem Rasen vor dem Weißen Haus, mit Gattin Laura und dem obligaten Hündchen an der Leine, und hat den Fans hinter der Absperrung zugewinkt. Hände werden geschüttelt, ein Baby wird getätschelt, dann verschwindet der Präsident samt Laura und dem Hündchen hinter einem Pulk von Sicherheitsbeamten. CNN-Senior-Correspondent John King kommentiert, und ich lasse seine Yankee-Vokale wie einen warmen Platzregen auf mich niederprasseln, auf meine Schultern und die angespannten Oberarmmuskeln, mit denen ich an den Rudern zerre und ziehe, mich dazu um die richtige Atemtechnik bemühe und einen gestreckten Rücken, und natürlich um ein anmutiges Lächeln im Gesicht, denn das ist das Allerwichtigste bei jeder Übung.

Fünf Minuten noch, dann bin ich einmal quer durch die Straße von Gibraltar gerudert, mindestens. Ich riskiere einen verstohlenen Blick auf die Galeerensträflinge ringsum, allesamt Männer in den besten Jahren, die meisten in schweißnassen T-Shirts, nicht mal unsexy, mit einem Gesichtsausdruck wie Olympioniken beim Diskuswerfen. Aber dann steigt ein Gedanke in mir hoch, wie Sodbrennen, er lässt sich einfach nicht hinunterschlucken: Wie viele von ihnen werden heute wohl noch durch die Sexseiten im Internet surfen? Welcher wird sich womöglich sogar ein paar Kinderpornos herunterladen?

Ich starre auf die hochroten Gesichter und die keuchenden Münder, die Muskelstränge der Oberarme und nackten Schenkel. Dann rufe ich mich selbst zur Ordnung: Alma, du darfst nicht immer nur das Schlechteste von der Welt der Männer annehmen, sonst wird das nie etwas mit der späten Liebe! Also, liebe Alma: Mindestens einer der Herren chattet noch heute Nacht mit der Aids-Station von Burundi, um den Nachschub an Mullbinden und Antibiotika zu organisieren. Ich starre in die Gesichter rundum – bloß welcher?

Dann habe ich endlich das Ufer erreicht, dreißig Minuten sind vorüber, und klettere mit brennenden Oberschenkeln aus dem Gerät. Schlinge ein Handtuch lässig um den Nacken und ziehe den Bauch ein, schließlich ist der Weg zwischen Rudermaschinen und Spiegeln so was wie der Catwalk vom »Malibu«, dann bin ich endlich aus dem Blickfeld und wanke zur Garderobe, wie ein Bootsflüchtling aus Nordafrika, mit ausgedörrten Lippen und wackeligen Knien.

Die Garderobe vom »Malibu« liegt ganz eindeutig in Westeuropa, hier stolzieren Frauen auf und ab, die so emanzipiert sind, dass es sich die Jüngeren schon wieder leisten können, auf Weibchen zu machen. Wie zum Beispiel Simone. Simone lässt sich gerade zur Feng-Shui-Wohnberaterin umschulen, nachdem sie mit ihrer Kette von Nagelstudios Pleite gemacht hat, das weiß ich von einer längeren Plauderei am Beckenrand, bei der mir Simone völlig unentgeltlich demonstriert hat, was erotisierendes Räkeln bedeutet. Jetzt winkt sie mir zu und ich lächle zurück, na, haben wir uns wieder einmal geschunden, wofür eigentlich, tja, wenn wir das so genau wüssten ...

Aber mit Simone verfällt man nicht in unproduktives Grübeln, die Frau ist ein Depot an Glückshormonen, ob auf natürlichem Weg produziert oder mittels Prozac aus dem Internet, who knows? Simone kichert die Tonleiter auf und ab und cremt sich dazu ihre entharzten Schienbeine ein: »Alma, hallöchen, gut schaust du aus, ja, diese Plackerei bringt eben doch etwas, warst du schon im Pool, du, ich hab heute leider keine Zeit mehr für die Saftbar, aber ich hab da einen Typ kennengelernt, Fondsmanager, ganz süß, so was lässt man einfach nicht warten, du, übrigens, ich mach jetzt auch Coaching, also, wenn du dich mal verändern willst, überleg es dir, ich hab die allerneuesten Methoden drauf, für dich natürlich zum Extrapreis, logo, du, ich muss jetzt, aber ich freu mich schon auf nächste Woche, Bussi, ciao!«

Und Simone zieht sich den grobmaschigen, flauschigen Mohairpullover über den Kopf und steigt in hochhackige Stiefeletten, dann klaubt sie Jacke und Tasche und Handy zusammen und saust davon. Simone wirkt immer ein bisschen wie vom Winde verweht, so als ob sie gerade nach einer heißen Nacht aus dem Bett gestiegen wäre oder ihrem Lover ein paar gekräuselte Schamhaare im Kuvert geschickt hätte. Ob die Männer auf so etwas abfahren?

Ich sperre meine Spindtür auf, im Fach dahinter hängt eine schwarze Hose ordentlich auf dem Kleiderbügel, ein schwarzer Pullover liegt zusammengefaltet auf dem Regalbrett, ein Paar flache schwarze Schnürschuhe steht auf dem Spindboden. Die Spindinhaberin wirkt immer ein bisschen streng, als ob sie gerade auf dem Weg zu einem Kurs für makrobiotische Ernährung an der Volkshochschule wäre, Männer fahren nur mäßig darauf ab. Die Spindinhaberin, eine gewisse Alma, gerät ins Grübeln.

Ich sitze in meinem Rolf-Benz-Drehsessel und wippe gedankenverloren hin und her. Diese Stunde mag ich besonders, zeitig in der Früh, wenn das Bürohaus noch leer ist bis auf ein paar verspätete Putztrupps. Wenn sich die Morgensonne über meinen Schreibtisch ausbreitet wie ein Glas verschütteter Orangensaft, dazu ein ofenwarmes Croissant und ein Pappbecher Milchkaffee vom Espresso unten an der Ecke, ein Stapel Zeitungen. Fünf Tote bei Granatenangriff auf eine Wagenkolonne bei Basra, Camilla und Charles heimlich verlobt, der Tag wird sonnig mit Quellwolken am Abend. Widder haben heute Ärger mit dem Partner und den Stirnhöhlen, Benzin soll wieder teurer werden. Alles wie gehabt, ich vergönne mir ein kleines Seufzen und trinke den Rest vom Milchkaffee mit einem Schluck.

Vor ein paar Wochen ist noch so eine prickelnde Unruhe in der Luft gelegen, als ob dieser schreckliche Krieg alles ins Chaos stürzen würde, Europa gegen Amerika, Zoff an allen Ecken und Enden, Diskussionen unter Wildfremden in der U-Bahn und auf den Leserbriefseiten der Zeitungen. Aber mittlerweile gehört der allabendliche Bericht aus Bagdad bereits ganz selbstverständlich zur Tagesschau, und die Freitagsdemo wird vom Verkehrsfunk so stoisch gemeldet wie Eisglätte im November. Das Leben geht eben weiter, Hollywoodstars sammeln für die schwer verwundeten Kinder, alles wird gut.

Die Sonne hat sich hinter eine Wolkenfront verzogen, ich schalte den Computer ein. Es piept und blinkt, dann gebe ich mein Passwort ein, Grönland, und schon beginnt der Ärger. Eine rosafarbene Sexseite baut sich auf und meine neue, mir unbekannte Freundin schickt mir ihren Morgengruß: Hi, ich bin die geile Conny! Ich streichle mich gerade. Willst du mir dabei zusehen?

Was will die bloß von mir? Soll ich ihr vielleicht zurückschreiben? Hi, ich bin die Alma. Du, Conny, willst du nicht lieber in Abendkursen die mittlere Reife nachmachen und etwas Anständiges lernen? Glaube mir, Frauen haben es nicht nötig, als Sexobjekte ihren Lebensunterhalt zu verdienen.

Ich stelle mir vor, wie sich die geile Conny kringelt vor Lachen, wenn sie meine Botschaft liest. Oder vielleicht existiert sie ja gar nicht wirklich, sondern der Text stammt von einem Angestellten der Russenmafia. Und wieso werde ich braves Mädel diese dämliche Seite einfach nicht los, mir ist sie mittlerweile so peinlich wie eine Vaginalentzündung damals, als die Apotheker noch so streng dreinblickten wie die Inquisition.

»Hi, Alma!«

Clemens steckt seinen schwarz glänzenden Schopf zur Tür herein, erschrocken und wie ertappt zucke ich zusammen, Clemens wirkt beinahe besorgt: »Hast du Probleme?«

Ich schüttle den Kopf: »Ach, nicht wirklich. Aber so blöde Werbeseiten verstopfen mir seit Neuestem ständig den Schirm.«

Zum Glück läutet draußen das Telefon, Clemens eilt davon und ruft mir nur noch über die Schulter einen Ratschlag zu: »Das ist dieser ganze Spammüll. Du musst deinen Proxyserver deaktivieren.«

Ratlos sitze ich vor dem Schirm. Hi, Conny, weißt du vielleicht, was ein Proxyserver ist?

❦

Konrad ist einer von diesen grässlichen Männern, die ihr Haar zu einem dünnen Rattenschwänzchen gebunden tragen. Wieso ich weiß, dass Konrad Konrad heißt? Weil ich mir nun schon seit einer Viertelstunde das Gelaber der beiden Sportsfreunde anhören muss, die neben mir in die Pedale treten, dazu keuchen sie aus offenen Mündern und verdampfen Schweiß, wie paralysiert vor Ekel hänge ich über meiner Radstange und versuche mich auf Pulsmessung und Geschwindigkeit zu konzentrieren, aber vergeblich.

»... und dann, wie sie endlich gespurt hat, dann habe ich sie in die Wüste geschickt«, vertraut Konrad gerade seinem Kumpel an, der wiehert vor Vergnügen und würde sich wohl gerne auf die Schenkel klatschen, aber freihändig ist er zum letzten Mal auf seinem Dreirad im vergangenen Jahrhundert gefahren, also beschränkt er sich auf Schnaufen und Prusten. Ich sende einen Blick über meine rechte Schulter, der sich durchs ewige Eis fräsen könnte, aber die zwei lassen sich nicht beirren. Cleo hat sich vor Jahren einmal demonstrativ Tampons in die Ohren gesteckt, als sich bei unserem Lieblingsitaliener ähnliche Schätzchen ähnlich lautstark unterhalten haben, die Erinnerung an diese Szene erfreut mich noch heute, ich grinse unwillkürlich vor mich hin.

»... Sie eigentlich an Wiedergeburt?«

Wie bitte? Du lieber Himmel, offenbar haben Konrad und sein Kumpan meinen vergnügten Gesichtsausdruck völlig missverstanden und als Aufforderung zur Kontaktaufnahme gedeutet. Ich runzle meine Stirn: »Wie bitte?«

»Nun ja, mein Freund und ich haben gerade ein wenig philosophiert, über den Kreislauf des Lebens und so, na, Sie wissen schon, und Frauen sollen doch einen viel intuitiveren Zugang zu solchen Fragen haben, also glauben Sie eigentlich an Wiedergeburt?«

Ich würde ja gerne nach rechts ausscheren und wortlos davonstrampeln, aber leider ist mein Cardio-Puls-Hightech-Rad am Boden des »Malibu« festgeschraubt, also muss ich mich wohl oder übel mit dieser hochintellektuellen Frage auseinandersetzen.

»Wiedergeburt, sagen Sie? Tja, ein wirklich schwieriges Thema, also ...«

Konrad blickt geschmeichelt drein, womöglich ist er gar ein prominenter Wirt oder Friseur oder sonst was in die Richtung, sein Rattenschwänzchen vibriert jedenfalls vor Bedeutsamkeit.

»... ich kann damit nicht allzu viel anfangen, wenn ich ehrlich bin. Wiedergeburt, da stelle ich mir immer vor, dass Hitler noch irgendwo als Sandkorn herumrollt, womöglich an irgendeinem Strand, und ich habe ihn dann eines Tages zwischen den Zehen, also das ist doch einfach ekelig, finden Sie nicht?«

Konrad & Co. starren mich an, als ob ich aus einer Nervenheilanstalt für ganz schwere Fälle entsprungen wäre, fassungslos und beinahe ein bisschen ängstlich. Diese Reaktion auf meine Gedankengänge habe ich schon des Öfteren bei Männern beobachten müssen, Simone oder der geilen Conny passiert so etwas sicherlich nie. Ich lächle aufmunternd, aber meine neuen Bekannten klettern schweigend vom Rad.

»Also dann«, Konrad tippt sich grüßend gegen die Schläfe, sein Freund dackelt hinter ihm drein, so entschwinden sie in Richtung rettende Männergarderobe. Ich trete noch ein bisschen in die Pedale und ziehe Bilanz. An einem Samstag im April, spätnachmittags, habe ich also meine womöglich allerletzte Chance auf schnellen Sex in diesem Leben vertan, nach dem schwammigen Dicken nun auch Konrad vergrault. Wofür strample ich mich hier eigentlich für straffe Oberschenkel ab, wenn es mir doch sowieso mühelos gelingt, Männer mit einem einzigen Satz in die Flucht zu schlagen? Ob ich wohl diese neue Einsicht dem Manager des »Malibu« unterbreiten und mein Geld zurückverlangen kann? Aber was mache ich dann am nächsten Samstagnachmittag? Und am übernächsten? Irgendwann werde ich überirdisch straff sein und hoffentlich zu erschöpft, um Männer zu verschrecken. Vielleicht sollte ich mein Abonnement ja sogar verlängern.

❦

Hallo Leute, ich habe zwanzig Kilo abgespeckt und wiege jetzt nur mehr zweiundsiebzig Kilo und achtzig Deka, das wolltet ihr doch unbedingt wissen, deshalb habe ich jetzt auch ein Buch darüber geschrieben, auf der Bestsellerliste vom »Spiegel« steht es ganz oben.

Hallo Leute, ich bin depressiv, das habt ihr nicht gedacht, wo ich doch aus jeder »Bunten« und »Gala« winke. Aber auch unsereins ist eben nicht immer gut drauf auf dem roten Teppich, deshalb habe ich jetzt ein Buch geschrieben, um euch allen Mut zu machen, euch ausgelaugten Supermarktregaleinschlichterinnen und Altenpflegerinnen.

Hilfe, ich habe Blasenschwäche. Darüber schreibe ich gerade ein Buch, so ein Thema sollte niemandem peinlich sein, deshalb habe ich auch schon ausführlich über meine Darmspiegelung berichtet, ich kenne eben kein falsches Tabu.

Mein Kind ist tot. Ich schreibe jetzt ein Buch über meinen Schmerz, da draußen gibt es so viele Menschen mit ähnlich großem Kummer, die wollen bestimmt alle meinen Selbsterfahrungsbericht lesen, dann wird es ihnen gleich viel besser gehen, weil sie wissen, dass sie nicht alleine sind, wir Prominente leiden ebenso.

Ich stehe in meiner Lieblingsbuchhandlung und würde am liebsten laut schreien. Wo ist so ein richtig schöner Schmöker, verdammt noch mal, so wie »Vom Winde verweht« oder »Krieg und Frieden« oder von mir aus eine Lord-heiratet-Gärtnerstöchterl-in-Cornwall-Trilogie von dieser Rosamunde Pilcher. Ein Buch, in das man hineinplumpsen kann wie in ein warmes Schaumbad und aus dem man nur aufzutauchen braucht, um auf die Toilette zu gehen oder sich eine Milka Noisette aus dem Versteck für die ganz schwachen Stunden zu holen. Aber nix da, nur Lebensbeichten Halbprominenter und jede Menge Pseudoratgeber, so werden Sie glücklich, so bleiben Sie schlank, so finden Sie den Richtigen.

Am liebsten würde ich schreien oder mich einem starken Mann mit breiten Schultern an die Brust werfen, komm, lass uns nach Venedig fahren und in einer kleinen Trattoria Cappuccino mit Schaumkrönchen trinken, aber die wenigen Männer ringsum schauen alle aus, als ob sie dann nach ihrer Mama rufen würden. Am Schluss stehe ich in der Schlange vor der Kasse und halte den obligaten Wochenendstapel im Arm. Einen Bildband für Hobbygärtner ohne

Garten. Einen Krimi über einen psychopathischen Serienkiller, der vorzugsweise Singlefrauen vierteilt und häutet. Den neuesten Michael Moore. Die Frau vor mir hat sich für ein Kreta-Diät-Kochbuch entschieden, die Frau hinter mir wird ihren einsamen Samstag und Sonntag mit einer Jackie-Kennedy-Biografie verbringen. Ich zucke versuchsweise mit den Mundwinkeln, aber die Frau lächelt nicht zurück. Wahrscheinlich hält sie mich für eine Lesbe aus Verzweiflung, wer mag es ihr verdenken.

Dann schlendere ich über den Markt nach Hause, zwischen den Ständen riecht es nach Gewürzen und Salzgurken. Bald schon wird es den ersten Spargel geben, am liebsten habe ich den grünen, in Salzwasser weich gekocht und hemmungslos mit geschmolzener Butter getränkt, ab und an vergönne ich mir solch eine kleine Schweinerei.

Am Ende der Verkaufsreihen, wo die Blumen in Plastikeimern stehen, biege ich zu meiner Straße ab. Junge Musliminnen kommen mir entgegen, alle mit bodenlangen Mänteln und Kopftüchern, ich fühle mich plötzlich unbehaglich und beinahe wütend. Dies war schon immer ein Multi-Kulti-Viertel, mit Räucherstäbchenshops und Kebap-Imbissstuben an jeder Ecke, genau das Richtige für einen späten Hippie wie mich. Aber allmählich beginnen sich die Kopftücher auszubreiten wie eine Seuche, Frauen gehen mit gesenktem Kopf zwei Schritte hinter ihren Männern zur Moschee, kleine Mädchen gehen artig zwei Schritte hinter ihren Brüdern zur Schule, die Brüder spucken gerne aus, wenn ihnen eine wie ich entgegenkommt.

Ich trete einen Schritt zur Seite und lasse die verschleierten Gestalten vorbei. Unter wie viele Solidaritätslisten für

Frauen in der Dritten Welt habe ich eigentlich schon meine Unterschrift gesetzt, ich sollte sie wohl besser anlächeln statt wenig freundlich anzustarren, aber meine Mundwinkel gehorchen mir nicht.

Dann sperre ich endlich die Tür zu meiner Wohnung auf. Es duftet nach den Lavendelsäckchen, die ich unlängst am Markt erstanden und großzügig zwischen den Polsterkissen verteilt habe. Das rote Sofa schwimmt wie eine Insel auf den honigfarbenen Dielenbrettern, die Orchidee auf dem Fensterbrett hat eine blasslila Blüte angesetzt. Das Wochenende hat begonnen.

◆

»Und, was soll denn *ich* erst dazu sagen?«

Cleo sitzt mir gegenüber und fährt sich durchs Haar, immer, wenn sie sich ereifert, stehen ihre rotblonden Kringel wie elektrisch in alle Richtungen, sie sieht dann aus wie eine Liebende auf diesen schwülstigen Klimt-Plakaten, die wir dereinst in den WGs überm Bett hängen hatten.

»Und ich, was soll denn ich sagen? Wenn plötzlich eine meiner klügsten Schülerinnen mit so einem dämlichen Lappen um den Kopf auftaucht! Oder wenn mich ein Vater wieder einmal duzt, er lebt zwar schon seit zwanzig Jahren hier, aber er hält es eben für angebracht, eine berufstätige Frau in die Schranken zu weisen, immerhin hat er einen Schwanz und sie nicht, und nicht einmal einen Ehemann kann sie vorweisen und kein einziges winzig kleines Kind hat sie zusammengebracht. Was glaubst du, wie mir dann zumute ist, frage ich dich? Und ich darf nicht einmal ausrasten, sonst habe ich doch sofort die Schulbehörde am

Hals wegen ausländerfeindlichen Verhaltens, das hätte mir gerade noch gefehlt, also knirsche ich schön leise mit den Zähnen und sieze den Herrn Mehmet ganz betont höflich, aber das geht dem natürlich am Arsch vorbei, was glaubst du eigentlich, was ...«

»Ach, komm, reg dich ab«, versuche ich zwischen Cleo und Herrn Mehmet zu vermitteln. »In spätestens ein, zwei Generationen schaut das schon ganz anders aus, dann sind die alle total emanzipiert und ...«

»Aber hier und heute ...«

Cleos Haare stehen zu Berge, sie ähnelt mittlerweile einer Hexe, die am Scheiterhaufen ihre Richter verflucht, richtig sexy, weil sie wütend ist, ob das wohl auch für mich gilt? Warum habe ich dieses blöde Kopftuchthema überhaupt zur Sprache gebracht, jetzt wird sie mir wieder eine halbe Ewigkeit lang über ihre Schülerinnen vorjammern, dabei wollten wir heute Abend doch ausnahmsweise nur positiv denken.

»Glaubst du eigentlich an Wiedergeburt?«, platze ich mitten in Cleos Tiraden hinein. Die schaut mich an, jäh verstummt und völlig fassungslos. Ich halte ihr das Schälchen mit den Pistazienkernen unter die Nase.

»Ach, vergiss es, war nur so eine Frage. Im ›Malibu‹ haben mich zwei Typen dazu in eine Diskussion verwickeln wollen, man kann ja nicht immer nur über seinen Ruhepuls reden. Ich habe mich natürlich gleich davongemacht, esoterisch angehauchte Männer finde ich nämlich fast noch schlimmer als diese Bauchtanztanten.«

Cleo knackt eine Pistazie.

»Also, ich weiß nicht so recht ... unlängst habe ich gelesen, dass Menschen, die immer nur Pech haben, höchstwahrscheinlich ein schlechtes Karma aus einem früheren Leben mit sich herumschleppen. Aber man kann sich mit seinem Karma aussöhnen, wenn man die Geister um Vergebung bittet, na ja, irgendwie so ähnlich hat das geklungen ...«

Jetzt starre ich Cleo an. Hilfe, ich bin ganz allein mit einer Verrückten in meiner Wohnung! Und was meint sie außerdem mit »Menschen, die immer nur Pech haben«, und warum schaut sie mich dazu so eindringlich an, die dumme Nuss?

»Tja, vielleicht warst du ja mal Eva Braun«, sage ich patzig.

»Weißt du, was mir langsam auffällt?«, fragt Cleo so betont freundlich wie eine Therapeutin, die ihren Sesselkreis aus doppelbelasteten Alleinerzieherinnen begrüßt. »Du wirst immer übellauniger, ehrlich, so eine richtige Schreckschraube wie die Köhler damals, kannst du dich noch an die erinnern, wie sie uns das Häkeln beibringen wollte, diese vertrocknete alte Jungfer? Also, wenn du nicht aufpasst, dann wirst du nämlich genau wie die, ständig griesgrämig, dabei ist dein Leben ein einziges Zuckerschlecken, schicker Job, schicke Wohnung, und gegen deinen Wohlstandsspeck strampelst du dich in diesem dämlichen Fitnessladen ab. Also, wo liegt dein Problem?«

»Ja, glaubst du vielleicht, das Gestrampel in diesem Laden macht mir Spaß?«, schreie ich die arme Cleo an, »und dieses ganze Getue?«

»Ja, wozu machst du es dann?«, schreit Cleo zurück.

Tja, wenn ich das wüsste.

❦

Blaugrün schimmert der Bildschirm vor mir, so blau wie eine Lagune, so grün wie der Pool vom »Malibu«. Dort war ich allerdings schon ziemlich lange nicht mehr, dafür sitze ich ständig in meinem ach so schicken Büro, um mir durch meinen ach so schicken Achtstundentag meinen ach so schicken Lebensstil zu finanzieren. Ich trommle mit den Fingern über die Schreibtischplatte. Ob ich Cleo ein Mail schicken soll, einfach so, tralala, oder anrufen, hallihallo, ich bin's, die Alma, na, wie geht's denn immer?

Pffffhhhhh ... ich seufze schwer und tief empfunden. Frauen untereinander haben keine Streitkultur, das habe ich mal irgendwo gelesen. Und es stimmt! Wir schreien unsere Lebensabschnittspartner an, ohne mit der Wimper zu zucken, und stellen mit hochgerecktem Kinn den Nachbarn zur Rede, der versehentlich seinen Müll in die Biotonne gekippt hat. Aber wehe, mit der besten Freundin gibt es eine winzig kleine Verstimmung, dann ist alles plötzlich ganz kompliziert und hypersensibel, die Welt ein Minenfeld. Himmel, warum sind wir Frauen bloß so überempfindlich! Warum bin ich nicht Managerin von einem dieser Fußballklubs geworden, Fortuna-Real oder München-Borussia oder wie sie alle heißen, es würde zwar in der Garderobe nach Schweiß und Testosteron stinken statt nach Deospray, aber Gespräche wären nicht jedes Mal ein Ritt über dünnes Eis, sondern klar strukturiert: Na, wie ist es noch gelaufen gestern Abend? Hat sie dich abblitzen lassen, du Wichser? Scheiße aber auch! So stelle ich sie mir zumindest vor, die wunderbar simplen Gespräche der Männer, oder vielleicht schweigen sie sich ja überhaupt die meiste Zeit an, am Tresen der Lokale habe ich es jedenfalls so beobachtet.

Mittagspause, ich schiebe einen Pappkarton mit Sushiresten zur Seite und beginne durch die Magazine zu blättern, die meinen Schreibtisch allmählich zumüllen. Ich möchte kein Jahr in meinem Leben und keine Falte in meinem Gesicht missen, tut die berühmte Schauspielerin kund. Dazu fletscht sie die makellosen Zähne zu einem Lachen, als ob sie gleich in Tränen ausbrechen würde. Der ausgemergelte Modeschöpfer, der aussieht wie ein alternder Strichjunge, hat schon wieder ein Interview gegeben, angeblich nimmt er nur mehr gedünsteten Fisch und frische Papayas zu sich, supi! Vielleicht sollte ich ja ebenfalls einen Ernährungsratgeber schreiben, wie ich in zwei Tagen fünfzigtausend Kilo abnahm, von Polly Weightwatcherslimfit, es gibt ja bekanntlich genug Tussis, die keine anderen Probleme im Leben haben als ihr Aussehen.

Mein Personal Assistant platzt ins Zimmer, natürlich ohne anzuklopfen.

»Hallo, Alma«, sagt Clemens, »gönnst du dir gerade ein wenig kreative Muße? Dieses Foto von dir im ›Express‹ ist übrigens ein Knüller, alle reden darüber. Na, hoffentlich kriegst du keine Probleme, du weißt doch, unser Unternehmen sollte sich eigentlich raushalten aus der Tagespolitik. Also, nichts für ungut, irgendwie ist es ja auch richtig groovy, die Chefin beim Demonstrieren, das hat was, dochdoch!«

Und Clemens entschwindet, ich würde ihm nur zu gerne ein kaltes Maki-Röllchen nachschleudern. Aber diesen »Express« muss ich mir natürlich sofort kaufen, hoffentlich hat der Fotograf meine Schokoladenseite erwischt.

Cleo kommt mir kopfschüttelnd entgegen und tippt sich gegen die Stirn: »Da drüben bei ›Miss Sixty‹ gibt es total zerrissene Jeansjacken um hundertneununddreißig Euro! Kannst du dir das mal vorstellen? Das sind fast zweitausend Schilling für eine Jacke voller Löcher, und offenbar haben die Youngsters sogar das Geld dafür, also irgendwie ...«

»Gott zum Gruß, du kleine Spießerin«, unterbreche ich den Wortschwall und zause der guten alten Edeltraud durch die Lockenpracht, dann bahnen wir uns einen Weg zwischen den Passanten. Ein junger Mann mit Rastalocken hat es sich mit seinem Didgeridoo auf dem Gehsteig gemütlich gemacht, Punks mit Kampfhunden lagern um ihn herum, die Jungs sind tätowiert und gepierct, die Mädchen tragen Karominis zu Springerstiefeln und zerrissenen Jacken, ihr Outfit sieht genauso aus wie die sauteuren Klamotten in der Auslage von »Miss Sixty«. Cleo und ich blicken uns an.

»Weißt du, manchmal tun sie mir richtig leid«, sagt Cleo. »Wogegen sollen die noch aufbegehren? Wie wollen die überhaupt noch auffallen? Heutzutage hat doch schon jeder Staatsschützer einen Stecker im Ohr und vermutlich ein Tattoo am Hintern! Also, ich stelle mir das schrecklich vor, jung zu sein, wenn alles erlaubt ist, das muss doch furchtbar öde sein.«

Ich nicke weise. »Die Mieterin unter mir, du weißt schon, diese alleinerziehende Krankenschwester, also die hat mir erst neulich erzählt, dass sie sich richtig Sorgen macht um ihren Sohn. Der ist jetzt dreizehn und will nur in blauen Blazern mit Goldknöpfen herumlaufen und trägt Seitenscheitel, freiwillig, die Ärmste ist schon ganz fertig, sie selbst ist nämlich so ein India-Shop-Typ, du weißt schon, alles natürlich gefärbt und gewebt, und dann dieser spießige Sohn, was hat die bloß falsch gemacht?«

»Aber genau das meine ich doch«, ereifert sich Cleo. »Wie soll der denn anders gegen seine Althippiemutter aufbegehren? Der Junge mit den Goldknöpfen ist ein hundertprozentiger Revoluzzer, glaube mir!«

»Meinst du?«

Ich lasse mir Cleos These durch den Kopf gehen. Ein Punker rempelt mich im Vorbeigehen an, nicht mal unfreundlich: »Na grandma, hast' an Euro?«

»Oh tempora, oh mores!«, sage ich.

»Hey, verarschen kann ich mich selber«, sagt der junge Mann.

Die heutige Jugend versteht eben kein Latein. Oder vielleicht doch?

※

Seien wir mal ehrlich: Am besten ist es doch im Bett mit Männern, die einen ein bisschen anwidern. Die große Liebe steht dem großen Orgasmus oft ganz schön im Weg. Jaaaa, du bist es, der Einzige, Wahre, komm und mach mich glücklich, und streichle doch nicht so untalentiert an mir herum wie an einem Lotterielos zum Aufrubbeln. So was sagt man natürlich nicht zur großen Liebe, wenigstens nicht in den ersten lang ersehnten Nächten. Mit dem Typ jedoch, den man weit weg von zu Hause in einer Strandbar aufgegabelt hat, den man nie und nimmer seinen Freundinnen präsentieren könnte ohne sich ewigem Gespött auszusetzen, mit diesem Typ klappt es einfach, nun ja, reibungslos, sozusagen.

Solche und ähnliche Gedanken rumoren in meinem Innern. Dazu starre ich schon seit geraumer Zeit gedankenverloren und völlig ungeniert den schwammigen Dicken an, der sich am Rotary Torso gerade in die Frührente stemmt und zerrt und keucht. Schlanker ist er in den vergangenen Monaten jedenfalls nicht geworden, und auch seine wabbeligen Oberarme wirken um keinen Deut muskulöser. Dieser Umstand tröstet mich ein wenig, also ergeht es den Männern in diesem Etablissement auch nicht viel besser als uns hoch motivierten späten Mädels, der Speck sitzt einfach wie Beton auf den Hüften. Immerhin hat sich mein Englisch in den vergangenen Monaten deutlich verbessert, die ständige Berieselung mit CNN zeigt Wirkung, erst vorgestern habe ich einem Pärchen aus Idaho den kürzesten Weg zur Karlskirche gewiesen, dessen Singsang früher nur verlegenes Stottern bei mir ausgelöst hätte.

Die Starreporterin Christiane Amanpour steht gerade auf dem Flachdach eines Bagdader Hotels und berichtet von den Kämpfen der vergangenen Nacht, ihre Ohrklipse funkeln im gleißenden Licht. Was für ein aufregendes Leben die hat! Adrenalin pur, gestern Sarajewo, heute Bagdad und morgen vielleicht schon Moskau oder London oder Kuala Lumpur oder wo immer die Granaten eben einschlagen. Obwohl, ticke ich eigentlich noch richtig? Beneide ich wirklich allen Ernstes eine Frau, die sich im Bombenhagel ihr Brot verdienen muss? Wie habe ich mir eigentlich mein Leben vorgestellt ... damals, als es mir wie ein einziges großes Fest erschienen ist, das nie zu Ende gehen würde, mit Liebe zu jeder Tageszeit und besetzten Hörsälen und filterlosen Zigaretten ohne diese dämlichen Aufkleber »Raucher sterben früher«. Was habe ich mir eigentlich erwartet?

So sitze ich da, zwischen raumhohen Spiegeln im Wellnesstempel für Körper und Seele, und grüble mich in eine handfeste Depression hinein, dabei würde die zyklusmäßig doch eigentlich erst nächste Woche anstehen.

※

»Alma, das gibt's doch nicht! Bist du es wirklich?«

Es scheint ein ewiges Gesetz zu sein, so wie die Erdanziehung oder die Gezeiten des Mondes und der Weltmeere: Solche Sätze bekommt man immer dann zu hören, wenn man gerade einen riesigen Pickel auf der Nase spazieren führt oder Spinat zwischen den Zähnen hat.

Ich drehe mich mitsamt meinem Riesenpickel um und lächle tapfer, natürlich habe ich Daniel gleich an der Stimme erkannt. Vor mehr als einem Jahrzehnt haben wir uns in der Redaktion vom »Magazin« mit dem Chefredakteur herumgeplagt, wie hieß der doch gleich ...

»Alma, also das gibt es doch nicht, wie lange ist das jetzt her, gut schaust du übrigens aus, kein bisschen verändert, ehrlich!«

Der gute alte Daniel, sein Vorrat an Komplimenten scheint unerschöpflich, beinahe möchte ich meinem ersten Impuls nachgeben und ihm um den Hals fallen, aber eben nur beinahe.

»Ja, also so eine Überraschung, was treibst du immer, triffst du noch ab und zu jemanden von früher, irgendwie habe ich alle aus den Augen verloren, wo bist du gelandet, sag bloß nicht, beim Fernsehen ...«

So stehen wir da und tauschen sorgfältig gefilterte und geschönte Informationen aus, ich peppe meinen Job bei der MesseAG ein wenig auf, Daniel ist Auslandskorrespondent in Brüssel, alle Achtung, wir gestikulieren dynamisch mit den Händen und halten dabei verstohlen Ausschau nach einem Ehering beim jeweils anderen.

»Und, wie läuft es so privat? Bist du nicht geschieden?«

Daniel konnte schon immer gut nachbohren, wer Diskretion für eine Tugend hält, der bringt es nun mal nicht bis zum Korrespondenten.

»Ooch, schon längst, in aller Freundschaft.«

Ich zucke lässig mit den Schultern und blicke versonnen auf den Goldring mit Topas, der meine rechte Hand ziert. Den Goldring mit Topas habe ich mir selbst verehrt, zu meinem vierzigsten Geburtstag, er hat mir schon über so manche ähnlich prekäre Situation hinweggeholfen. »Jetzt habe ich eine Art Fernbeziehung, wir sehen uns am Wochenende und in den Ferien, mehr wäre auch kaum möglich bei der Belastung durch den Job, na ja, man arrangiert sich eben, und du, wie schaut es bei dir aus?«

Daniel grinst und versucht sein Bestes, um nicht allzu selbstgefällig dreinzuschauen. »Also, da du mich ja nicht erhört hast, beste Alma, habe ich mich nach langem Grämen wieder auf dem Markt umgesehen. Na ja, du kannst es dir ja vorstellen, in Brüssel ist eine Menge los, ich bin zwar beruflich total eingespannt, aber ihr Frauen seid ja mittlerweile so was von emanzipiert, also als Mann fühlt man sich manchmal fast verunsichert, diese Mädels heutzutage gehen ran, sage ich dir, ein Wahnsinn!«

Ich nicke mitfühlend. Allerdings, das kann ich mir nur zu gut vorstellen, wie auf den armen Daniel Jagd gemacht wird, so ein schlaksiger Endvierziger in bester beruflicher Position, in nicht allzu ferner Zukunft wird er bestimmt Chefredakteur sein, eine schnuckelige Maisonette mit Dachterrasse ist gewiss schon jetzt im Bereich der finanziellen Möglichkeiten, halali, Mädels, wer bringt den saftigen Braten zur Strecke!

»Was ist, gehen wir noch auf einen Kaffee?«

Diesmal schüttle ich den Kopf, ganz gehetzte Karrierefrau.

»Tut mir leid, aber ich habe gleich einen Termin beim Bürgermeister. Du weißt ja, wie das so ist. Aber ich habe mich irrsinnig gefreut, dass wir uns getroffen haben, du, wir telefonieren mal, ja, versprochen, also dann, mach's gut.«

Küsschen, Küsschen, wir trennen uns wie tragische Liebende, Daniel dreht sich noch einmal um und winkt, sein Trenchcoat bauscht sich im Wind. Dieses Goldstück habe ich dereinst nicht einmal in Erwägung gezogen, tja, Hochmut kommt vor dem Fall, hoffentlich hat er mir die Fernbeziehung geglaubt, oder wenigstens den Termin beim Bürgermeister.

Ich blicke dem Trenchcoat nach. Mit Mitte fünfzig wird Daniel ein ganz entzückender später Vater sein, mit einer sehr jungen Frau und einem süßen Baby, darauf verwette ich den Topasring mitsamt meinem Finger.

Ich bin eine Working Mum. Nach der Geburt habe ich nur drei Wochen pausiert und bin bei unserer Tochter zu Hause geblieben, dann habe ich gleich wieder die »News um 12« moderiert. Ich bin eben eine moderne Working Mum.

Ich bin die Klatschtante von Tele 5, zu Weihnachten habe ich mein erstes Kind zur Welt gebracht, zu Silvester war ich schon wieder so dünn wie eine Spargelstange, alles nur eine Frage der Selbstdisziplin. Zum Glück wohnen wir gleich ums Eck vom Studio, so kann ich mich zwischen zwei Drehs rasch nach Hause fahren lassen und stillen, das ist total praktisch. Außerdem spielt das Aupairmädchen unserem Sohn regelmäßig die CD »Baby Mozart« vor, die gilt als beste Einstimmung auf die Krabbelgruppe für hochbegabte hyperaktive Kleinkinder, die wir Mütter von unserem Sender gegründet haben. Es geht eben alles, wenn man nur will.

Ich bin die Chefmanagerin von diesem schicken Label, gerade erwarte ich mein drittes Kind. In einem Monat ist es so weit, natürlich will ich die ersten Wochen ganz zu Hause bleiben und mich meinem Baby widmen, dann wird mein zweiter Mann die Betreuung übernehmen. Er ist sieben Jahre jünger als ich und hat mit unserem Rollentausch nicht die geringsten Probleme, für meine Kinder aus erster Ehe ist er viel mehr wie ein großer Bruder als ein Vaterersatz. Das ganze Gelaber von wegen Doppelbelastung und so kann ich nicht mehr hören, ich habe jedenfalls genügend Power, um unsere Patchworkfamilie zu managen.

Ich bin die Alma und sitze gerade beim Friseur mit lauter Stanniolpapier auf dem Kopf. Wenn ich so einen Scheiß lese, dann wird mir regelmäßig schlecht, und ich muss mich übergeben, was allerdings meiner Linie nur guttut, also vielen Dank, ihr lieben Superweiber und Powermütter, ihr seid uns wirklich ein großes Vorbild und ein Ansporn zugleich.

Frau Erika, die Friseurin, erscheint und stochert mit spitzen Fingern im Stanniolpapier auf meinem Kopf herum. »Noch fünf Minuten, dann sind die Strähnchen perfekt. Du lieber Himmel, das ist doch diese Knochige aus dieser amerikanischen Serie, wie hat sie noch gleich geheißen? Und die hat ein Kind bekommen? Also, das hätte ich nicht für möglich gehalten, die schaut doch richtig unterernährt aus!«

»Das ist die Calista Flockhart aus ›Ally McBeal‹«, sage ich, »das war diese Serie über eine Anwaltskanzlei in Boston, wo Männer und Frauen immer auf ein gemeinsames Klo gehen mussten, eine sogenannte Unisextoilette, einfach grauenvoll! Und das Kind ist adoptiert. Das ist jetzt total trendy in Hollywood, man adoptiert ein Kind aus Kambodscha oder St. Petersburg, das lässt sich dann so schick auf der knochigen Hüfte spazieren tragen. Das Kleinkind als Accessoire sozusagen, um den genetischen Code zu erfüllen.«

Frau Erika blickt mich ein wenig besorgt von der Seite an und stellt die Uhr auf der Konsole für weitere fünf Minuten ein, dann bringt sie sich hinter einem Perlenvorhang in Sicherheit. Hoffentlich habe ich sie nicht allzu sehr verschreckt, ich liebe nämlich diesen Salon. Wo noch zierliche Figuren aus gebogenem schwarzem Draht an der Wand hängen und tütenförmige Lampenschirme über den Spiegeln leuchten. Jede Kundin wird zunächst in einen Frisierumhang aus rosafarbenem Perlon gewickelt und außerdem mit einem Tässchen Filterkaffee versorgt. Leider ist Frau Erika schnittmäßig nicht gerade auf dem allerneuesten Stand, aber zum Glück besitze ich robustes Haar, das jeden Mireille-Matthieu-Schnitt nach wenigen Tagen überwuchert.

Ich mache einen Schluck vom Filterkaffee und wende mich wieder meiner Illustrierten zu. Prominente beteiligen sich an einer bundesweiten Aktion, ja, auch ich will ein Kind bei mir zu Hause aufnehmen und damit auf dem Titelbild posieren. Maximilian Schell möchte lieber noch ein eigenes produzieren, mit knapp hundert. Der Klatschspalten-Prinz, der immer die dünnsten Mädels im Arm hält, obwohl er aussieht, als ob ihn das Down-Syndrom gestreift hätte, denkt ebenfalls über einen Sprössling mit der Neuen nach, das Schloss braucht schließlich Erben.

Ein Summen ertönt, und ich lege die Illustrierte zur Seite. Tja, die Zeiten haben sich gewandelt, seitdem der Mutterkuchen als feministischer Pizzabelag verwendet wurde.

❄

Ob irgendein Mann die Mühe ahnt, als Vierzigerin auch nur halbwegs präsentabel auszusehen? Ab diesem »gewissen Alter« steht unsereins stundenlang vor dem Spiegel, klopft entspannende Masken ein und hantiert mit dem Föhn, bloß um anschließend auszusehen wie Dustin Hoffmann als Tootsie. Nagut, nagut, ganz so schlimm ist es mit mir noch nicht, aber auch eine straffe Brünette hat eben ihre schwarzen Stunden. Vierzig erscheint mir mittlerweile wie die alleräußerste Schallmauer, die gehalten werden muss wie dereinst ein Fort im Wilden Westen gegen die Komanchen. Noch dazu, wo ich praktisch täglich im Aufzug unseres gläsernen MesseAG-Towers auf Elvira treffe, die mich mit einem Phänomen pestet, das wohl nur Stephen Hawking zu enträtseln mag: Elvira wird immer jünger.

Vor mehr als zwei Jahrzehnten sind wir uns auf der Uni zum ersten Mal begegnet, in einem Soziologie-Seminar. Elvira war ganz entschieden vier Semester über mir, ist neben dem Professor gesessen und hat mich mit nur schlecht verhohlener Herablassung behandelt. Dann haben wir uns zum Glück aus den Augen verloren. Später durfte ich von ihr in einem Wirtschaftsblatt lesen, Elvira hat in ihrer Eigenschaft als stellvertretende Personalchefin eines Pharmakonzerns ein höchst profundes Interview zum Thema Aufstiegschancen für Frauen gegeben. Nur mit ihrem Alter muss der Redaktion ein Fehler unterlaufen sein, Elvira wäre demnach so alt wie ich gewesen, aber mit Zahlen passiert eben schon mal eine Verwechslung. Dann ist Elvira in den Aufsichtsrat der MesseAG berufen worden, ein wirklich beeindruckender Karrieresprung, ich habe mich redlich bemüht, mich für sie zu freuen.

Wenn wir uns nur nicht bloß ständig im Aufzug begegnen würden! Wenn ich nicht dauernd über sie in den Klatschspalten lesen müsste! Ob ich eigentlich der einzige Mensch bin, dem auffällt, dass sich das Geburtsdatum der Frau Aufsichtsrat praktisch alle Jahre nach hinten verschiebt? Wenn das so weitergeht, dann wird Elvira demnächst zur Matura antreten.

Ich stehe im Badezimmer und bearbeite meine Haare mit dem Lockenkamm aus handgesägtem Pinienholz, aber alle Mühe bleibt vergeblich. Heute schaue ich ganz entschieden mehr nach Frank Zappa als nach Uschi Obermaier aus. Ich werde wohl die Treppe nehmen.

❦

Es ist offenbar meine Bestimmung. Wohin ich mich auch setze, jemand setzt sich neben mich und isst schmatzend eine Pizzaschnitte. Oder einen Doppelwhoppercheeseburgerbigmäc. Oder eine Kebapflade, aus der Knoblauchsoße auf meine Jacke tropft. Im Bus, im Kino, ja neulich sogar in der Bücherei, wo ich mich mit Krimis fürs Wochenende eindecken wollte, jemand setzt sich garantiert neben mich und schmatzt mir ins Ohr. Allmählich hege ich den Verdacht, dass immer mehr Menschen ihr Essen prinzipiell in der Öffentlichkeit einnehmen. Ob die wohl alle so einsam sind, dass es ihnen in der U-Bahn einfach besser schmeckt? Oder können sie die Gas- und Stromrechnung nicht mehr bezahlen? Egal, mittlerweile beginne ich den Tag herbeizusehen, an dem nicht nur mein Busen schlappmacht, sondern endlich auch meine Geruchsnerven und mein Hörsinn.

Der junge Mann neben mir hat sein Mittagsmahl aus Pommes frites mit viel Ketchup und Mayo beendet, knüllt die fettige Papiertüte zusammen und lässt sie auf den Boden fallen. Dann kickt er sie elegant unter die gegenüberliegende Sitzbank, zwischen den Beinen einer alten Frau hindurch. Die alte Frau und ich blicken uns an. Was tun? Den jungen Mann mit den coolen Manieren zur Rede stellen?

Beschimpfen? An sein Umweltbewusstsein appellieren? Feige zum Fenster hinausschauen? Eine Sekunde später starren wir beide zum Fenster hinaus, aber draußen rast nur der dunkle Schlund des U-Bahn-Tunnels vorbei. Gut gemacht, Alma, dafür bekommst du eine römische Eins in Zivilcourage.

Ich hole tief Luft, mein Herz klopft, aber ich wende mich wieder dem jungen Mann zu: »Finden Sie das eigentlich gut, wie Sie sich hier benehmen?«

Der schaut mich völlig verständnislos an, ich deute auf die zusammengeknüllte Frittentüte unter dem Sitz gegenüber: »Finden Sie das in Ordnung?«

Der junge Mann grinst ein wenig verblüfft, zuckt die Schultern und murmelt etwas, das klingt wie »nema problema«. Dann fährt der Zug in die Station ein, ich stehe auf und gehe zur Tür, an einer Gruppe von Schülerinnen mit Augenbrauenpiercings vorbei.

»Was war denn mit der los?«, höre ich flüstern.

»Phhhhh, wahrscheinlich hat sie Probleme mit Ausländern.«

Die Tür geht auf und ich steige betont gelassen auf den Bahnsteig, mein verkniffenes Gesicht spiegelt sich in den Scheiben. Genau so habe ich mir in meiner Jugend eine reaktionäre Schreckschraube vorgestellt.

❦

Die Empfangsgirlies vom »Malibu« führen sämtliche Werbeslogans für einen durchtrainierten Körper ad absurdum: Sie sind jung und sonst gar nichts, basta. Da kann sich unsereins noch so sehr abrackern, beim »Breakfast training« zum

Beispiel, die grau melierten Herren aus den Vorstandsetagen linsen ja doch nur dem knackigen Gemüse aufs Hinterteil. Dementsprechend zügig erfolgt auch die Fluktuation, schon wieder gibt es zwei neue Gesichter hinter dem gläsernen Tresen, blutjung, aber sie lächeln bereits so routiniert wie die alten. Verschwitzt und übellaunig lasse ich die blonden Bohnenstangen links liegen und biege zur Garderobe ab. Simone ist ebenfalls schon anwesend, um zwanzig nach sieben in der Früh, und starrt mir mit weit aufgerissenen Augen entgegen.

»Alma, weißt du, was ich gestern Abend gehört habe? Dass die meisten Models sich hauptsächlich von Abschminkbällchen ernähren, die sie in Orangensaft tauchen! Das ist der allerneueste Trend! Die würgt man runter und im Magen quellen sie dann auf und man hat keinen Hunger mehr! Kannst du dir so was vorstellen? Wattebäusche in Orangensaft zum Frühstück und zum Mittagessen und am Abend? Also, ich verstehe einfach die Welt nicht mehr! Wie sind die denn drauf? Also, das ist doch völlig krank, das ist doch ...«

Ich lasse mich neben Simone fallen und tätschle beruhigend ihren sehnigen Rücken, mehr fällt mir auch nicht ein. Die Gattin des Malerfürsten stöckelt vorbei, ihr solariumgebräunter, völlig fettfreier Körper schlägt Falten wie plissiert, willkommen im Club! Wir starren ihr beide nach.

»Er ist ja schwerreich«, flüstert Simone in mein Ohr. »Aber Honigschlecken dürfte das Leben mit ihm auch keines sein. Wenn sie frech ist, zack, schon sind die Kreditkarten weg, habe ich jedenfalls gehört, ganz vertraulich unter uns gesagt.«

Simone scheint es ein wenig besser zu gehen, praktizierte Frauensolidarität hebt eben die Laune.

»Lass uns von hier verschwinden und noch einen Caffè Latte trinken«, schlage ich vor, aber Simone schüttelt nur den Kopf.

»Tut mir echt leid, Alma, aber heute habe ich meinen Safttag, und im Caffè Latte sind mir einfach zu viele versteckte Kalorien, nein, lieber nicht, sei mir bitte nicht böse.«

Ich nicke verständnisvoll. Da sitzen wir also, zwei wahre Wunder an Selbstdisziplin und Willenskraft. Wenn wir auch nur die Hälfte davon auf unsere Karrieren verwendet hätten statt auf unseren dämlichen Schlankheitswahn, dann müssten wir beide schon Staatssekretärinnen sein oder Bankaufsichtsratpräsidentinnen, mindestens. So aber ... Simone steht auf und holt tief Luft und zurrt den Reißverschluss ihrer Hüfthose zu, dann bückt sie sich und angelt nach den Stiefeletten.

»Die Nicole Kidman wiegt um fast fünf Kilo weniger als ich, dabei ist sie einen Kopf größer«, seufzt Simone. »Wie macht die das bloß? Ob die auch Wattebällchen schluckt? Also, ich finde die sooo toll, wie die immer gestylt ist, angeblich bekommt sie ja alles geschenkt, obwohl, das ist einfach nicht fair! Wer ist eigentlich dein Stylingvorbild, Alma?«

Ich denke nach, lange und gewissenhaft. »Veruschka«, sage ich dann.

Simone blickt mich an, ziemlich ratlos. »Ist das diese Tante von MTV?«, fragt Simone.

Wer will ist schön.

Wer will ist jung.

Wer will ist glücklich.

Die Drogeriemarktkette hat sich die Werbekampagne für ihre neue Make-up-Kollektion ganz schön was kosten lassen, sämtliche Plakatwände rund um die Messe sind mit diesen kranken Slogans bepflastert. Aber die dummen Hühner von Kundinnen werden diese Ausgabe schon wieder wettmachen, eine gewisse Alma zum Beispiel hat sich für das Lidschattenduo »Bright eyes« in changierenden Grüntönen mit Bronzesprenkeln entschieden, dazu das Rouge »Venice terracotta« in praktischer Stiftform sowie ein Lipgloss im verspiegelten Döschen. Alma fühlt sich dadurch gleich viel schöner und jünger, und die Drogeriesupermarktkette ein bisschen reicher. So sind alle auch ein klein wenig glücklicher, beschwingt betritt Alma ihr Büro im zwölften Stock. Sie ist etwas außer Atem, da sie die Treppen hochgestiegen ist, Alma achtet eben auf ihre Gesundheit. Nun gießt sie sich ein Tässchen schwarzen Kaffee in den Rachen und lässt sich anmutig in ihren Rolf-Benz-Sessel plumpsen.

»Alma! Da bist du ja endlich!«

Clemens steht im Türrahmen und blickt so vorwurfsvoll drein, als ob ich mich nach einer dreiwöchigen Kur gegen Beckenbodenschwäche zurückgemeldet hätte, dabei ist es Montag, acht Uhr früh. Acht Uhr früh und fünf Minuten, um ganz präzise zu sein, und ich habe das gesamte Wochenende an den Presseinformationen für das Herbstprogramm gefeilt.

Mein Assistent lehnt im Türrahmen, ganz lässig, und blickt auf mich herab. Wir sind nun mal ein Team und keine

Hierarchie, diese Zeiten sind vorbei. Obwohl, wenn Clemens dereinst hier sitzen wird, ob seine Sekretärin, pardon Assistentin, dann auch so herumflegeln darf? Ich werde ihn einfach mal besuchen kommen, wenn ich Ausgang habe im Altenheim, schön altmodisch mit einem Kaktus im Töpfchen oder einer Schachtel Pralinen, Clemens in seinem Hugo-Boss-Anzug wird sich bestimmt sehr darüber freuen.

»Ja, was gibt es denn?«

»Konferenz um elf im obersten Stock, Alma, ich wollte dich bloß erinnern!«

Danke, Clemi, womöglich würde ich ja sonst tattrig-verwirrt durchs gläserne Foyer unseres Messe-Towers irren. Obwohl, ich sollte mich um bessere Laune bemühen, die da oben werden wieder alle wahnsinnig gut drauf sein. Ich hole tief Luft und atme ganz tief aus, laut einem Vital-Energetic-Report, den ich unlängst gelesen habe, pumpt diese Technik frischen, unverbrauchten Sauerstoff in die entlegensten Körperteile und Gehirnwindungen und macht strahlende Laune.

Knapp drei Stunden und zweihundert tiefe Atemzüge später sitze ich mit strahlender Miene am schwarz glänzenden Konferenztisch im obersten Stock des Messe-Towers. Der Blick über die Stadt ist grandios, ich gebe mir redlich Mühe, diesen kleinen Nebeneffekt zu genießen.

Dr. Schuhmann hat am Kopfende des ovalen Tisches Platz genommen, links von ihm sein persönlicher Assistent, ein gewisser Carlo Irgendwas, rechts von ihm der Wirtschaftsreferent dieses blühenden Unternehmens, der heute die finanziellen Aussichten auf die kommende Herbstsaison referieren wird. Die drei sitzen mir gegenüber wie eine feindliche Angriffslinie, jedenfalls empfinde ich es so, bloß ist mein Gegenüber nicht Mel Gibson oder Arnold Schwarzenegger, sondern eben Dr. Schuhmann, ganz zivilisiert.

Die Herren plaudern, ich höre tapfer lächelnd zu.

»Für einen Termin beim Finanzstadtrat muss man sich jetzt an eine Frau Prohaska oder Prochatschek oder so ähnlich wenden«, informiert Carlo Irgendwas ganz lässig und wie nebenbei über seine Kontakte zu allerobersten Entscheidungsträgern.

»Und, wie ist die so?«, lässt sich unser Wirtschaftsreferent vernehmen, dessen Visitenkärtchen ein Ph. D. Mag. Dipl. Con. ziert, was immer dies bedeuten mag.

»Ach ...«, Carlo Irgendwas deutet ein entnervtes Augenrollen an, »... so eine blonde Mittvierzigerin eben.«

Tja, mehr gibt es eben nicht zu sagen über unsereins, da hilft kein Studium an der Sorbonne und kein Post-Graduate-Training in Vancouver. Ob sich Carlo Irgendwas wohl als »ach, so ein flusenhaariger Enddreißiger« treffend beschrieben fühlen würde? Die Herren grinsen sich an, ich rühre in meinem Espresso. Hier sitze ich also, eine brünette Mittvierzigerin, an einem schwarz spiegelnden Konferenztisch im obersten Stockwerk eines gläsernen Büro-Towers, und lausche den Sprüchen meiner Kollegen. Ob man das als Karriere bezeichnen kann?

Dann eröffnet Dr. Schuhmann die Sitzung, unser Wirtschaftsreferent erläutert die Herbstprognose, der Rest nickt beifällig und formuliert möglichst kluge Zwischenbemerkungen. Dann spricht Dr. Schuhmann auch schon die Schlussworte und vertagt uns für vier Wochen, er muss dringend zu einem Cocktail. Dann stehen wir vor dem Aufzug und üben uns in belanglosem Small Talk.

»Fanden Sie mein Referat hilfreich für Ihre Planungen?«, fragt mich Ph. D. Mag. Dipl. Con., wahrscheinlich möchte er wissen, ob ich ihn überhaupt verstanden habe.

»Ach, so mittelsexy«, sage ich. Die Herren erholen sich bis zum Erdgeschoss nicht mehr von diesem Schock.

※

Ob wohl alle Menschen ab und zu Sehnsucht nach ihrer Kindheit verspüren, auch die Missbrauchten und Geschlagenen? Nach dem Licht und den Düften von damals? Als man im Frühling endlich Kniestrümpfe tragen durfte, und die Primeln und Krokusse im Stadtpark leuchteten wie Edelsteinsplitter?

Zum ersten Mal in diesem Jahr ist es warm genug, um die Balkontür auch am Abend weit offen zu lassen. Der Italiener drunten hat sogar schon ein paar Stühle vors Lokal gestellt, Stimmen und Lachen wehen bis zu mir in den obersten Stock hinauf. Ich beuge mich über das Geländer und lasse den Blick über die Dächer wandern. So schön ist die Stadt von oben, so verheißungsvoll das Dämmerlicht in den Straßenschluchten, so friedlich der dunkelviolette Abendhimmel. Wenn ich nun nie wieder den Fernsehapparat aufdrehen würde und keine Zeitung mehr zum Frühstück lesen, ob mein Leben dann wohl weniger stressig und aufreibend wäre? Wenn ich die schlimmen Nachrichten einfach ausblenden würde, Schluss, aus, weg damit, von heute an sollen mich nur mehr positive Gedanken erfüllen, und kein Grauen und kein hilfloses Mitleid mehr plagen. Aber womit soll ich dann meine Abende füllen? Mit Aquarell malen vielleicht? Mit guten Taten? Die Demos am Freitagabend jedenfalls sind still und leise entschlafen, vorletzte Woche waren wir nur mehr ein Trüpplein von einem halben Dutzend, wie ein müdes Sonderkommando sind wir durch die Straßen getrottet, bewacht von mehreren Dutzend gelangweilten Polizisten.

Hinter jeder Ecke lauern ein paar Richtungen, dieses Zitat habe ich unlängst auf einer Postkarte gelesen, und es hat mir gut gefallen. Bloß heute Abend fühle ich mich einfach nicht mehr in der Lage, meinem Leben eine neue Wendung zu geben. Ich gehe zum Sofa zurück, lasse mich zwischen die Kissen fallen und greife nach der Fernbedienung. Vielleicht sollte ich mich besser langsam entwöhnen, Medienjunkie, der ich nun mal bin. Ich werde zum Beispiel keine grauenvollen Nachrichtensendungen mehr anschauen, die mir sowieso bloß den Schlaf rauben. Sondern diese schrägen Magazine bei den Privatsendern, soeben ist ein dicker rheinischer Junganwalt eingeblendet, der den Verein »Ich spare mich auf« gegründet hat, die Mitglieder dürfen vor der Ehe keinen Sex haben. Ich stelle mir den rheinischen Junganwalt vor, wie er den Funkenmariechen beim Kölner Karneval auf die weißen Rüschenunterhöschen glotzt, wenn sie die Beine grätschen. Ein kalter Schauer rieselt mir über den Rücken. Da zappe ich doch lieber weiter zur Tagesschau.

»Gezielte Bomben wurden abgeworfen, aber keine sensiblen Punkte wie Schulen, Krankenhäuser oder Moscheen getroffen«, beruhigt die Sprecherin gerade. »Menschenleben gibt es nicht zu beklagen.«

Getröstet schlummere ich vor der Kiste ein.

❦

»Passantin von Bus angefahren«, meldet die Abendzeitung. »Als Liselotte K., 51, die Kreuzung vor dem Südbahnhof überqueren wollte, wurde sie von einem Bus der Linie 13A erfasst und mitgeschleift. Liselotte K. erlitt dabei ...«

Vor meinem geistigen Auge sehe ich Liselotte K. ganz deutlich, eine grauhaarige gebeugte Frau mit geschwollenen Füßen in Gesundheitsschuhen. Die Ärmste! Ich blättere weiter.

»Verkäuferin, 47, von Jugendbande überfallen. Gertrude H. rechnete gerade die Tageseinnahmen ihres Obststandes in der Passage am Schottentor ab, als sie ...«

Ich sehe Gertrude H. vor mir, höchstwahrscheinlich eine abgerackerte Blondine mit grauen Strähnchen im Haar und abgesplittertem Nagellack, hoffentlich bekommt sie jetzt wenigstens eine ordentliche Rente. Ich seufze tief und mitfühlend, Cleo blickt von ihrer Illustrierten auf.

»Diese Stadt ist einfach kein Ort zum Altwerden«, spreche ich erklärende Worte. »Gestern haben sie doch glatt eine Verkäuferin in der Schottentor-Passage überfallen, stell dir mal vor, am helllichten Tag, dort gehe ich jeden Morgen vorbei, das ist doch einfach ...«

»Ichweißichweiß«, unterbricht mich Cleo. »Aber wieso hat das etwas mit dem Altwerden zu tun, diese Verkäuferin ist doch ungefähr in unserem Alter, ich glaube sogar, ich kenne sie, so eine zierliche Rothaarige, manchmal habe ich bei ihr Weintrauben gekauft, na, hoffentlich finden sie dieses Gesocks, das wegen ein paar Euro eine Frau zusammenschlägt.«

Beschämt starre ich vor mich hin. Wieso halte ich eigentlich eine mir unbekannte siebenundvierzigjährige Frau sofort für alt? Leide ich bereits an Gehirnerweichung? Ich bin um keinen Deut besser als Schuhmann und Co., was würden die wohl für Kommentare abgeben, wenn mir etwas zustoßen würde, vierundvierzigjährige PR-Referentin, alleinstehend, wurde spätabends auf dem Heimweg vom Fitnessstudio überfallen, Täter flüchtig.

»Die Stadt will jetzt angeblich Nachttaxis für Frauen subventionieren, wegen der zunehmenden sexuellen Belästigung in der U-Bahn«, sage ich, ziemlich kleinlaut, um von meiner Beschämung abzulenken. Cleo schaut mich an.

»Ja, davon habe ich auch schon gehört. Aber ob wir überhaupt noch gefährdet sind? Was meinst du?«

Jetzt wirken wir beide ziemlich kleinlaut.

❖

Und dafür haben wir nun gekämpft und demonstriert und die Männer vergrault? Für Groupies, die sich heute »Schlampen« nennen und in durchsichtigem Chiffon über jeden roten Teppich stöckeln? Für Girlies, die in VIP-Bereichen auf der Lauer liegen und kaum, dass sie mit einem Fußballer gevögelt haben, ihren Busen in die Objektive halten und von einer Karriere als »Moderatorin« träumen?

Es ist Sonntagvormittag und ich sitze an meinem Küchentisch, das ofenwarme Croissant bröselt über die aufgeschlagenen Zeitungsseiten, die Himbeermarmelade klebt an meinen Fingern. Heute habe ich es mir gut gehen lassen, schlafen bis in den späten Morgen hinein und dann ein Tausend-Kalorien-Frühstück, so what!

Draußen ist es grau und ungemütlich, aber hier drinnen duften die Freesien, mit denen ich mich gestern auf dem Heimweg selbst beschenkt habe. Ich blicke mich um und ein Gefühl von Stolz kommt plötzlich wie eine Hitzewallung über mich, es prickelt unter meinen Haarwurzeln und kribbelt in meinem Bauch. Hier sitze ich und habe mir jene Sicherheit selbst geschaffen, die ich mir immer von Männern heimlich erträumt habe, Wohnung und Auto und Sparbuch und Versicherungspolizzen, und kein süßer Fondsmanager hat mir dabei geholfen. Ich muss an Simone denken und an Zdenka, an die jungen Mädchen hinterm Empfangstresen des »Malibu« und in den schicken Boutiquen und Flagstores, die nie zu altern scheinen. Was machen die bloß, wenn sie dreißig sind? Überspringt man dann sämtliche Karrierestufen mit einem Satz und landet, schwupps, im oberen Management? Oder vielleicht doch eher in einem Umschulungskurs von Boutiquen-Fitnesscenter-Nagelstudio-Solariumsfachkraft auf Pflegehelferin? Was macht man, wenn man nicht mehr jung und hübsch ist, wird man dann Callcenterstimme?

Ich habe ja nicht den Eindruck, dass sich Simone und Zdenka und die anderen allzu viele Gedanken um mich machen. Aber allmählich mache ich mir ganz schön Sorgen um die jungen Damen.

Auf den Bildschirmen über unseren Köpfen wird gerade irgendein namenloses Kuhdorf zwischen Tikrit und Mossul beschossen, aber keiner schaut hin. Denn der wirkliche Krieg findet hier mitten im »Malibu« statt, alle Köpfe sind dem Gemetzel im verspiegelten Gymnastiksaal zugewandt. Zdenka und die Gattin des Malerfürsten haben Nahkampfstellung bezogen, die Luft knistert wie in einem dieser schwülstigen Blut-und-Ehre-Schinken mit Tom Cruise und Demi Moore.

»Das wirst du mir büßen, du niederträchtige Schlampe, du, du ...«

Die Gattin des Malerfürsten ringt nach Luft und Worten, interessiert starren alle auf ihre Brustwarzen, die sich Pfeilspitzen gleich unterm Trikot abzeichnen.

»Sie können doch froh sein, wenn ich keine Anzeige erstatte«, schießt Zdenka furchtlos zurück. »Über Sie und Ihre Machenschaften als angebliche Kunsthändlerin weiß ich nämlich genug, um jederzeit ...«

Zum Glück ist die mobile Friedenstruppe in Gestalt des Managers schon auf dem Weg, um Verhandlungen einzuleiten, händeringend zwängt er sich zwischen die feindlichen Linien: »Aberaber meine Damen, ich bitte Sie!«

Zdenka und die Gattin des Malerfürsten messen sich mit Blicken, die jeden Flugzeugträger versenken könnten, dann treten sie ab, die eine in Richtung Garderobe, die andere in Richtung Saftbar, gefolgt von einem sensationslüsternen Spähtrupp. Ich schließe mich an, ich wollte sowieso gerade einen Grapefruitsaft schlürfen.

Fünf Minuten später weiß ich alles über den Gewaltausbruch. Zdenka wollte sich vom Malerfürsten nackt malen lassen, die Gattin des Malerfürsten hat nichts davon gewusst und hält das Vorhaben – wohl zu Recht – für einen üblen Trick, um ihr den Malerfürsten auszuspannen, deshalb ...

Ich stelle das leere Saftglas am Tresen ab und mache mich davon. Früher habe ich Frauen allen Ernstes für die besseren Menschen gehalten. Manchmal verspüre ich fast so etwas wie Rührung, wenn ich an die Alma von damals denke.

❦

Die noch immer betäubte Frau wird aus dem OP-Saal gerollt, feixend steht der Herr Professor im Türrahmen und lässt sich von zwei mandeläugigen Schwestern aus der blutbespritzten Schürze helfen: »War eine Kleinigkeit, nur ein Routineeingriff, die Patientin hat nicht einmal einen Pickser gespürt.«

Ich tunke wie ferngesteuert ein Stück Fladenbrot ins Tsatsiki, diese Schönheits-OP-Shows faszinieren mich total, allerdings kann ich nichts Blutrotes dazu essen, ja nicht einmal einen Tomatensaft trinken. Nasenrücken und Lider werden aufgeschlitzt, schwabbelige Bäuche mit Kanülen durchbohrt, aber der Renner sind Brustvergrößerungen. Ich habe ja überhaupt nicht geahnt, welchen Stellenwert der Busen im Leben der meisten meiner Geschlechtsgenossinnen einnimmt. Frauen mit abstehenden Ohren und Warzen im Gesicht, Frauen mit X- und O-Beinen, sie alle haben nur einen einzigen Wunsch an den Herrn Professor: Bittebitte machen Sie meinen Busen größer, damit ich mich endlich wie eine richtige Frau fühlen kann, damit ich mich endlich ins Hallenbad wagen kann, damit ich endlich den Richtigen finde, reich und glücklich werde.

Ich fasse es einfach nicht. Jetzt erst dämmert mir, welches Versäumnis ich in meinem eigenen Leben begangen habe, nie habe ich meinen durchaus passablen 75-B-Busen eingesetzt oder auch nur appetitlich präsentiert, stets bin ich in bequemen Pullovern herumgelaufen, wie viele Chancen habe ich wohl verschenkt, das ganze Lernen und Schuften, ich hätte es mir ersparen können und einfach meine Nippel einsetzen. Jetzt ist es natürlich zu spät, die prallen Silikonkissen, die sich welke Barbies unter die Haut stopfen lassen, schauen nur grotesk und traurig aus. Aber ich kann einfach nicht wegzappen, wohin auch, die ewig gleichen Horrorbilder von Bombentreffern und zerfetzten Leibern irgendwo im Irak hängen mir schon zum Hals heraus, ganz ehrlich, da ist mir das Gemetzel in dieser schicken Klinik am Bodensee einfach lieber.

Ich stopfe mir den Rest vom Fladenbrot in den Mund, die Frau auf dem Bildschirm wacht gerade auf. Ihr Gesicht verzieht sich schmerzverzerrt, sie greift wie betrunken in die Luft, aber zum Glück steht ja schon ihr liebender Gatte am Bett. Küsschen, Küsschen, die beiden lächeln sich an, sie ziemlich mühsam, aber dann beginnt sie zu strahlen: »Was ist, willst du es dir nicht einmal ansehen?«

Vorsichtig zieht der Gatte die Decke zurück, seine Frau liegt da, ihr Oberkörper ist mit blutgetränkten Binden umwickelt, aber die zwei funkelnagelneuen Riesenmöpse zeichnen sich deutlich ab.

»Na, gefällt's dir?« Die Frau schaut drein wie ein Kind, das sein Gedicht unterm Christbaum fehlerlos aufgesagt hat, mit großen Augen, voller Erwartung auf Lob und Geschenke.

»Okidoki«, der liebende Gatte grinst zuerst seine Frau an und dann in die Kamera. »Superklasse, obwohl, die hätten ruhig noch größer sein dürfen.«

Ich stehe auf und trage den leer gegessenen Teller in die Küche zurück. Weshalb rege ich mich eigentlich auf, wenn ich Bilder von unterdrückten Frauen aus Afghanistan sehe? Die Taliban sind längst mitten unter uns.

Das Alter beginnt, wenn alle um dich plötzlich jünger sind als du.

Der Wirt.

Die Gäste am Tresen.

Die Kellner.

Nur die gute alte Edeltraud-Cleo nicht, die ist nämlich vierzehn Tage vor mir geboren. Was haben wir schon alles gemeinsam durchgestanden, Liebeskummer und Abtreibungen, Sitzstreiks, Demos und später die ganzen Querelen im Job, Pickel und Zysten, Frust und Wut und Kummer und dazwischen auch ein bisschen Sonnenschein, wie die Schlagerfuzzis immer singen, ich bin schon gespannt, was als Nächstes …

Die gute alte Edeltraud-Cleo gähnt, dass ihr Gaumenzäpfchen sichtbar wird, jahrzehntelanger Kontakt mit Pubertierenden färbt eben ab, da darf auch ich mich ein wenig unterm Pullover kratzen. So sitzen wir da, ziemlich entspannt, fast vergnügt, und schauen den Eiswürfeln im Gin Tonic beim Schmelzen zu.

»An unserer Schule wollen sie jetzt eine interkulturelle Integrationsgruppe aufziehen«, sagt Cleo. »Mehr Verständnis für fremd anmutende Lebensformen, miteinander statt nebeneinander, Akzeptanz durch Verstehen, na, du weißt schon, blablabla, das ganze Programm eben. Damit wollen sie die Kopftuchdebatte auffangen, bevor irgendwelche Aggressionen entstehen, und ich bin gefragt worden, ob ich das nicht übernehmen möchte, weil ich doch so viel Erfahrung habe, wie sich die Direktorin ein klein bisschen anzüglich ausgedrückt hat, es wäre *die* Chance, um sich für höhere Aufgaben zu profilieren, angeblich gibt's sogar eine Subvention von der Stadt, tja ...«

»Und?«, frage ich, das Gin Tonic nebelt mich höchst angenehm ein, ob ich wohl mein allabendliches Salatblattarrangement durch einen Drink ersetzen sollte, wie viele Kalorien hat eigentlich ...

»Na danke, ohne mich. Das habe ich natürlich nicht so formuliert, sondern mich auf Überlastung durch außerschulische Aktivitäten im sozialen Bereich herausgeredet, na, du weißt schon, Betreuung von älteren Mitbewohnern im Haus und so, sonst wird man als Singlefrau doch gleich schief angesehen, weil man keinen Beitrag leistet für die Gesellschaft, blablabla, aber ich habe auf solche Komitees einfach keinen Bock mehr. Dabei glaube ich ja ganz ernsthaft, dass man sich um diese Mädchen aus den Zuwandererfamilien viel mehr kümmern müsste, was glaubst du, was die wohl für Kämpfe auszutragen haben mit irgendwelchen Vätern, Onkeln, Brüdern, Muftis, wasweißich, ich glaube, wir haben überhaupt keine Ahnung davon, was sich in diesen Familien abspielt. Ab und zu verschwindet aus unserer Schule ganz plötzlich eine Sefki oder Gülnur zurück in die Türkei, fast immer sind es die Aufmüpfigen, die sich emanzipieren wollen und sich nicht mehr alles vorschreiben lassen, die werden dann zurückgeschickt ins Heimatdorf, na danke, ich möchte mir gar nicht ausmalen, was da so alles passiert hier mitten unter uns, an Gewalt gegen Frauen, und wir kriegen es überhaupt nicht mit oder schauen lieber gar nicht erst hin, damit wir nur ja nicht anecken oder ins falsche Licht geraten. Aber weißt du was? Und das sage ich dir nur ganz leise und ich würde es auch sofort abstreiten, wenn du mich vor anderen darauf ansprichst – aber ich bin einfach zu müde, um denen noch einmal zu helfen. Noch einmal das ganze Programm, Flugblätter und Demos und Solidaritätskundgebungen? Danke, nicht mit mir, die müssen jetzt schauen, wie sie alleine zurechtkommen. Viel Glück, Mädels, aber bitte ohne mich.«

Und Cleo macht einen tiefen Schluck, dann drehen wir beide in Gedanken versunken unsere Gläser, wie bei einem Meditationsworkshop, positive Gedanken durch Chakra-Atmung oder so ähnlich.

»Hast du dir damals gedacht, dass alles so kommen wird?«, fragt Cleo, das heißt, sie sagt es mehr zu sich selbst als zu mir. »Also, ich habe es mir schon anders vorgestellt. Alles ist möglich, das war doch unsere Devise, kannst du dich noch erinnern? Ob wohl alle Generationen glauben, dass die Welt durch sie besser wird? War unsere Jugend nur ein schöner Traum? Was ist schiefgelaufen? Wann? Weißt du überhaupt, was ich meine?«

An meinem Gin Tonic perlt ein Wassertropfen hinab und zerfließt auf der Tischplatte zu einer Pfütze, gerade groß genug, dass eine vorwitzige Mücke darin ertrinken könnte. Ich hebe die Schultern und lasse sie ein wenig kreisen, das Gefühl von Verspannung in meinem Nacken ist mir mittlerweile so vertraut wie früher die Pubertätspickel auf der Stirn. »Wir müssen unseren Proxyserver deaktivieren«, sage ich schließlich sehr ernsthaft, mehr fällt mir auch nicht ein.

Cleo schüttelt den Kopf, nicht einmal ärgerlich. »Ich muss mal aufs Klo«, sagt sie und klettert vom Barhocker und entschwindet durch die Flügeltür aus mattem Glas.

Final Cut

Das ist der Fluch unseres Geschlechts, dachte sie. Dass wir immer so brillante kleine Mädchen sind – und dann? Was wird dann aus uns? Kindergartentanten statt Ministerinnen. Vernissagentussis statt Bildhauerinnen. Sprechstundenhilfen statt Ärztinnen. Oder, schlimmer noch, eine wie ich, die für den Cateringservice einer Freundin Servietten zu Schwänen faltet und seit Neuestem wieder Psychologie studiert, weil der Mann genügend Kohle verdient.

Paola betrachtete das kleine Mädchen, das ihr gegenübersaß, auf einer Bank in der Abflughalle des JFK-Flughafens. Es trug Cargohosen und ein pinkfarbenes T-Shirt mit einem Herz aus Glitzersteinchen, in seinem Schoß lag ein dickleibiges Buch, in dem es völlig versunken las und dazu sein dunkelblondes Haar zwirbelte. Die dunkelblonde Frau daneben kramte in ihrer Reisetasche und holte endlich eine Tüte mit Chips hervor, sie hielt sie dem Kind aufmunternd unter die Nase, aber das Kind schüttelte nur den Kopf, seufzend riss die Frau die Tüte auf und begann selbst zu essen.

Paola wandte den Blick von Mutter und Tochter ab und ließ ihn durch die Reihen der Wartehalle schweifen. Auf Flughäfen habe ich mich schon immer wohlgefühlt, dachte sie, aber mittlerweile würde ich am liebsten mein Bett hier aufschlagen. Frische Wäsche hätte ich im Koffer dabei, zum

Duschen und Zähneputzen gibt's die Toilettenanlagen, alle paar Tage würde ich zu Hause anrufen und ein belangloses Gespräch führen, danke, mir geht's gut, wie läuft's bei dir, also dann, du hörst von mir, Bussi, servus, baba. Und ich würde zurückschlendern zu meiner gemütlichen Ecke unter künstlichen Palmwedeln mit Blick hinaus aufs Rollfeld, würde mir auf dem Weg noch einen Sesambagel mit Lachs kaufen, dazu eine »Herald Tribune« und ein »Vanity Vair«, ich mag es mir gar nicht ausmalen, so viel Wonne. Sonst steige ich nie in diesen Airbus ein, der sowieso wieder bis zum Bersten gefüllt sein wird, wie war das Fliegen doch früher komfortabel, aber das ist schon so lange her. Und sie seufzte und zog die Schultern hoch, als ob sie frösteln würde.

Ein Mann saß an der blank gewichsten Theke des Coffeeshops und sah derart missmutig drein, wie es nur Raucher fertigbrachten, deren Welt schmolz ähnlich einer Eisscholle im Golfstrom. Eine junge Frau kletterte auf den freien Barhocker neben ihm und bestellte sich ein Getränk im Pappbecher, dann musterte sie den Mann neben sich völlig ungeniert, der Mann ruckelte auf seiner Sitzfläche herum. Paola starrte fasziniert auf die beiden. Niemals hätte sie es fertiggebracht, einem Mann so unbekümmert ihr Interesse zu signalisieren, auch damals nicht, als die sexuelle Revolution bis an die Donau geschwappt war und sich unter gebatikten T-Shirts die ersten nackten Brustwarzen abzuzeichnen begannen. Damals schon gar nicht, in ihrer Jugend war sie so genierlich gewesen, dass sie selbst Klopapier nur ganz versteckt nach Hause getragen hatte, Paolas Mundwinkel zuckten unwillkürlich bei dieser Erinnerung. Herzklopfen hatte sie bekommen und sich räuspern müssen, als dieser Typ im Parka mit den unglaublichen Wimpern sie angerempelt hatte in der Enge zwischen den Regalen der Uni-Bibliothek. Entschuldige, hatte er gemurmelt, dann hatten sie aneinander vorbeigesehen. Ein paar Minuten später war er wieder neben ihr gestanden. Der Wittgenstein ist ausgeliehen, hatte er sie informiert, so als ob er ein alter Schulfreund gewesen wäre, und sie hatte eifrig genickt, so als ob sie darüber gar nicht verwundert gewesen wäre. Dann waren sie und dieser Anton auf einen kleinen Braunen ins »Café Haag« gegangen, das es schon längst nicht mehr gab, und er hatte sie sogar eingeladen, eine für einen Studenten der Germanistik und Soziologie damals unüblich höfliche Geste.

Das Mädchen im pinkfarbenen T-Shirt mit Glitzersteinchen blickte von seinem Buch auf und sah sich um wie nach einem langen tiefen Schlaf, seine Haare standen ihm vom Kopf ab wie dem Struwwelpeter. Die Frau strich mit einer liebevollen Geste darüber, aber das Kind zuckte unwillig zurück, die Mutter ließ die Hand sinken. Aus den Lautsprechern ertönte ein unverständliches Quäken, einzig und allein das Wort »delay« war deutlich für die Wartenden am Gate, Vienna via London, zu verstehen. Die Menschen rund um Paola seufzten und wandten den Blick zu den Panoramascheiben, an denen sich der Nebel brach wie Schleim in einem Gruselfilm.

Auch Paola seufzte erneut, es war mehr ein tiefer Atemzug. Wenn ich schon zurückfliegen muss nach Hause, dann bitte gleich, auf der Stelle, damit diese Stadt endlich unter den Wolken versinkt, während wir Kurs nehmen auf Neufundland. Sie hatte die Häuserschluchten Manhattans nie gemocht, von denen doch alle daheim in den Tönen höchster Verzückung schwärmten. Wo man den Kopf so weit in den Nacken zurücklegen musste, bis die Wirbel knackten, um ein Stück vom Himmel zu sehen. Seit dem 11. September war das Ich-liiiebe-New-York-Getue zwar ein wenig abgeflaut, aber dafür kannte jetzt jeder eine wichtige Persönlichkeit, die ausgerechnet an diesem Morgen haarscharf an den Twin Towers vorbeigeschlendert war und Rußflecken auf der Calvin-Klein-Jacke abbekommen hatte, also nein, wie schrecklich, stell dir mal vor!

Der Nebel vor den Panoramascheiben ging über in eine violette Dämmerung, Scheinwerfer blitzten auf wie das Morsealphabet einer fernen Galaxie, die Wartenden rundum verschmolzen allmählich zu einem vertrauten Grüppchen. Zwei Frauen unterhielten sich über ihr Handgepäck hinweg, die Taschen waren mit Buchstaben bedruckt und wurden von schweren goldfarbenen Vorhängeschlössern geschützt. Paola musste plötzlich an Elsa denken, mit der sie noch kurz vor ihrem Abflug aus Wien telefoniert hatte, Elsa war vor Empörung geradezu außer sich gewesen. Also, stell dir das mal vor, hatte Elsa ins Telefon gekeucht, eine falsche Vuitton-Tasche aus Thailand braucht sie nicht, vielen Dank, kann man das glauben, meine Bedienerin ist sich zu gut für eine falsche Vuitton-Tasche, was hat die nicht schon alles von mir bekommen, Kaschmirpullover, Modellkleider, sogar den Mantel mit dem Pelzkragen hab ich ihr damals zu Weihnachten geschenkt, und jetzt das, wo soll das noch enden, also die Welt ist einfach aus den Fugen!

Die Elsa hatte beinahe hyperventiliert, Paolas Mundwinkel begannen schon wieder zu zucken bei dieser Erinnerung. Ein junger Mann mit blankem Gesicht und Pferdeschwanz, der ihr gegenübersaß, lächelte sie an, aber Paola lächelte nicht zurück. Märchenerzähler auf dem Weg zum keltischen Literaturfestival, dachte sie, was soll ich mit dem? Flirten? Plaudern? Mütterlich auf seinen Schlafsack aufpassen, während er pinkeln geht?

In diesem Jahr blickten ihr die Männer nach, wieder oder noch immer, sie wusste es selbst nicht so genau. Im Frühsommer hatte sie diese Tatsache jedenfalls nach langem bewusst registriert und zunächst als Anhäufung von Zufällen abgetan. Doch im August war es einfach nicht mehr zu übersehen, oder besser gesagt, zu überhören gewesen. Männer musterten sie und schauten ihr direkt ins Gesicht, manche pfiffen sogar oder produzierten im Vorübergehen ein Geräusch, das zumeist wie eine Mixtur aus Schnalzen und Spuckeansaugen durch einen hohlen Zahn klang. Sie hatte verstohlen an ihren Achselhöhlen und abends an ihrem Slip gerochen, aber einfach keine Veränderung im Geruch ihres Körpers feststellen können. Produzierte sie etwa gar ein allerletztes Hormonhoch vor den Wechseljahren?

Ob Anton etwas bemerkt hatte? Ob sie ihn danach fragen konnte? Du, also, ich weiß, es klingt ziemlich lächerlich, aber mir schauen die Männer nach, immer noch, ich habe es nie so wahrgenommen wie in diesem Sommer, was meinst du, woran könnte es liegen, an meinen Haaren, die ich mir nun doch hab wachsen lassen, oder an den einundhalb Kilos, die ich seit der Darmgrippe zu Ostern abgenommen habe? Wie er wohl reagieren würde, sarkastisch, wohlwollend-lächelnd, mit einem Achselzucken, gar nicht?

Wie festlich diese Beziehung am Anfang doch gewesen ist, dachte Paola. Bitte schön, aber gerne, darf ich dir den Stuhl zurechtrücken, darf ich dir meine Jacke borgen, süß schaust du aus, wenn dir kalt ist, aber frieren sollst du mir nie wieder, hörst du! Und er hatte ihre stets klammen Hände in seine immer warmen genommen, damals auf dieser Bank in der Prater Hauptallee unter einer Andeutung von Aprilsonne, und sanft massiert und dann die Innenseiten ihrer Gelenke geküsst, dort, wo der Puls pocht. So ist das gewesen, dachte Paola, und sah mit gerunzelter Stirn auf die kleinen braunen Flecken, die ihre Handrücken zu sprenkeln begannen. Aber bestimmt haben alle Paare solche Erinnerungen, auch die ganz trostlosen, von denen man sich nie und nimmer vorstellen kann, dass sie irgendwann einmal miteinander geschnackselt haben. Oder wenigstens die Frauen haben diese Art von Erinnerung, die Männer können sich wohl besser ins Gedächtnis rufen, welches Auto sie damals gefahren sind, einen Mazda oder einen Ford.

Aus den Lautsprechern ertönte wieder das unverständliche Quäken, die Wartenden lauschten konzentriert und erwartungsvoll, dann erschienen endlich zwei Stewardessen mit Profilächeln und öffneten den Boarding-Schalter, eine Schlange begann sich zu formieren.

Blöd, dachte Paola, jetzt trau ich mich nicht mehr aufs Klo, weil ich Angst habe, dass die sonst ohne mich abfliegen. Lächerlich ist das, als ob ich zum ersten Mal in meinem Leben ohne Begleitung unterwegs wäre, dabei bin ich als Studentin mutterseelenallein durch Guatemala getrampt, aber wer würde mir das heute noch zutrauen, also hier ganz bestimmt niemand. Und sie musterte ihre Budapester Schnürschuhe mit Lochmuster, handgenäht für den lässig-androgynen Auftritt in Hotellobbys und Theaterfoyers. Dann musterte sie die Warteschlange, die sich ruckweise voranschob. Eine Bank ganz für mich allein, dachte sie, das wäre einfach, also das wäre einfach eine Wonne, oder wenigstens keiner von diesen Typen neben mir, die nur mit pfaugespreizten Schenkeln dasitzen können, als ob sie sonst platzen würden vor Testosteronstau. Auf dem Flug von London nach New York war ein Innenarchitekt aus Brighton ihr Nachbar gewesen, mit dem sie sich angenehmst unterhalten hatte. Ob Österreich eigentlich noch eine Monarchie sei, hatte er ganz ernsthaft von ihr wissen wollen, diese Frage hatte sie bis zur Ankunft in ihrem Hotel am Washington Square erheitert, der Architekt war zu seinem Geliebten nach Los Angeles weitergeflogen.

Die Schlange am Gate schrumpfte zu einem Dutzend, dann zu einer Handvoll, energisch stand sie auf und griff nach ihrem Gepäck. Sie reihte sich ein, überreichte einer Stewardess mit Ballerinafrisur ihr Ticket und ging durch den schaukelnden Tunnel, Sitz 58 A, sie zwängte sich unter hochgereckten Taschen und an verschwitzten Achselhöhlen vorbei, dann hatte sie endlich ihre Nische erreicht, zwei leere Plätze, am liebsten wäre sie dem Steward, der im Gang stand und ihr grüßend zulächelte, um den Hals gefallen. Draußen vor dem ovalen Fensterchen hatte Schneetreiben eingesetzt, es war einfach perfekt, sie liebte Frost und Kälte und Filme, die in Minnesota im Februar spielten, »Fargo« war ihr wie ein Bericht aus dem Paradies erschienen.

Die Stewardessen verteilten Decken und Kissen und Kopfhörer und Erfrischungstücher, Paola nahm alles entgegen und begann sich einen schützenden Wall zu bauen. Bin ich eigentlich schon immer so neurotisch gewesen, dachte sie, und stapelte Decke und Polster auf ihre Jacke, die über die Zeitschriften auf ihrer Tasche gebreitet lag. In der U-Bahn stieg sie aus, wenn sich jemand gegen sie drängte, aber trotzdem kam sie nie zu spät zu ihren Verabredungen, sondern fast immer eine halbe Stunde zu früh, mindestens, die sie dann oft genug in Hitze oder Kälte auf- und abmarschierte, Opfer ihrer selbst auferlegten fanatischen Pünktlichkeit.

Eine Armeslänge weg vom Körper, dachte sie, das ist die angenehmste Entfernung zu unseren Mitmenschen, jedenfalls habe ich das einmal gelesen, der Abstand reicht gerade aus, um zu streicheln oder zu schlagen. Wann haben wir uns eigentlich das letzte Mal in die Arme genommen, der Anton und ich, außer an Silvester natürlich, aber das gilt nicht, da umarmen sich auch Paare, die nur mehr zusammen sind, damit der andere den Hund nicht kriegt. Dabei haben wir gar keinen Hund, und sind trotzdem noch immer zusammen, na ja, zusammen ist vielleicht das falsche Wort, die Wohnung ist zum Glück groß genug, und getrennte Schlafzimmer haben wir auch, das gilt sogar als hochelegant. Und sie schloss die Augen, nimm mich in die Arme, Liebster, dachte sie, das könnte fast eine Liedzeile aus einem Caterina-Valente-Film sein, nimm mich in die Arme, patati-patata, nein wie lächerlich, und sie öffnete die Augen wieder.

Der Steward ging vorbei und sah sie ein wenig besorgt an. Aber ich habe doch nur still bei mir gesprochen, dachte Paola, oder am Ende etwa nicht, murmle ich jetzt auch schon vor mich hin, so wie diese Frau am Donaukanal, die immer die Krähen füttert mit ihren Essensresten. Aus dem Vorhangspalt schräg rechts hinter ihr drangen Schwaden von Brokkoligeruch, das Abendessen würde wohl bald serviert werden.

Dann rollten sie endlich auf die Startbahn hinaus, die Flügel des Airbus vibrierten über Unebenheiten und Bodenmarkierungen, Lichter blitzten am Rumpf auf, so beständig wie die Kontrolllämpchen auf den Monitoren einer Intensivstation. Der Captain wünschte einen guten Flug, und sie hoben ab, schräg in den Abendhimmel hinein, drunten brach sich die Brandung in weißen Schnüren, dann war nur mehr Dunkelheit. Taucher sterben ja manchmal, weil sie in der Tiefe nicht mehr wissen, wo oben und wo unten ist, dachte Paola, ob das wohl auch einer Crew im Cockpit passieren kann? Blödsinn, dafür gibt es doch den Autopiloten, vielleicht halten die da vorne ja sogar gerade ein Nickerchen, und dieses Gerät lotst uns über den Atlantik, der Anton mit seinem Technikspleen würde das sicherlich als beruhigend empfinden.

Über Boston wurde Tomatensaft gereicht, über Bangor gab es Hühnchen mit Brokkoliröschen oder Lachs auf Zucchini, über Halifax war man bereits beim Kaffee angelangt. Paola bat um extra Zucker und rührte ihn mit einem Plastikstäbchen in ihrem Plastikbecher um. Ein Glas Sekt würde sie sich erst später gönnen, wenn fast alle schliefen und die Lichter gedimmt wurden, dann begann für sie die schönste Zeit jedes Atlantikfluges. Wenn Grönland in der Ferne schimmerte wie ein milchiger Buckelwal, wenn Eisberge aufblitzten, und dazu in den Reihen vor ihr eine Zeitung raschelte. Mit Anton war sie schon ein Dutzend Mal Langstrecke geflogen, er pflegte dann leise neben ihr zu schnarchen, die ersten Male hatte sie ihm voller Rührung und Zärtlichkeit dabei zugesehen und an dem Kissen gezupft, wenn seine Ohrmuschel darin abknickte. Später hatte sie sein Talent, immer und überall in tiefem Schlaf versacken zu können, mit Kopfschütteln registriert, ein einziges Mal hatte sie ihn über Grönland aufgeweckt, aber Anton war das ewige Eis rund um Nuuk vollkommen gleichgültig gewesen, unwillig schmatzend hatte er sich von ihr weg zur Seite gedreht und weitergeschlafen.

Komisch, dass sie noch immer wütend werden konnte, wenn sie an diese Szene dachte, aber dass es sie nie wirklich interessiert hatte, ob ihr Mann sie betrog. Weil er dazu viel zu bequem ist, mein Anton, dachte Paola. Oder bin am Ende ich zu bequem, um ihm hinterherzuschnüffeln? Wenn ich an all den Aufwand denke, den man da treiben muss, die Sakkotaschen durchsuchen, jeden Zettel kontrollieren, vor dem Büro lauern und dann so tun, als ob man gerade zufällig vorbeigekommen wäre, also nein, da gönn ich dem Anton ehrlich ein Techtelmechtel, soll sich doch irgend so eine Jennifer mit seinen steifen Lendenwirbeln herumplagen. Und sie konnte ein höchst undamenhaftes Grinsen nicht ganz unterdrücken, der Steward ging vorüber und warf ihr einen aufmerksamen Blick zu, offenbar schätzte er sie als die seltsame Passagierin aus Reihe 58 ein, die man besser im Auge behielt.

»A glass of champagne, please«, sagte Paola schnell entschlossen, der Steward deutete eine knappe Verbeugung an und verschwand hinter dem Vorhang schräg rechts hinter ihr. Dann tauchte er wieder auf und servierte ihr ein Glas Schaumwein auf einem Serviettchen, dazu Erdnüsse in Folie eingeschweißt. »Anything else, ma'am?«, aber Paola schüttelte dankend den Kopf.

Ruhe hatte sich endlich in der Kabine ausgebreitet wie im Schlafsaal eines Internats, Schnarchen war zu hören und das schläfrige Weinen eines Kindes, vor den Toiletten standen Passagiere mit verschränkten Armen und warteten, dass eine Klapptür aufging. Auf den Monitoren pflügte ein winziger roter Flieger über das Dunkelblau des Atlantiks, die Küste Neufundlands war längst entschwunden, und der erste Zipfel von Irland lag noch weit voraus. Hoffentlich stürzen wir nicht über dem Meer ab, dachte Paola inbrünstig. Auf Erde zu zerschellen war ihr immer unendlich tröstlicher erschienen als in schwarzem eisigem Wasser zu versinken.

Ob er mich wohl abholt, dachte Paola. Aber warum sollte er? Weil er ahnt, dass mir alles zuzutrauen ist, sogar der plötzliche, scheinbar grundlose Absprung aus dieser Ehe, in der wir uns so komfortabel eingerichtet haben? Kommst du am Freitag mit zur Vernissage, hast du endlich wegen einem Termin beim Installateur angerufen, die Therme müsste überprüft werden, dein ewiges Frösteln kann doch nicht normal sein, lass dich mal durchchecken. Weil er mir sagen will, dass er eine andere hat? Weil er mich um einen Neuanfang bitten will, bevor diese trostlose Höflichkeit uns zermürbt? Ob wir eine Paartherapie versuchen sollten? Was man da wohl bespricht? Ob man noch Sex hat? Wie oft, wie lange? Die Elsa hat sich doch zur Mediatorin ausbilden lassen, angeblich kann sie sich vor Aufträgen kaum retten. Also, wenn ich mir vorstelle, dass man der Elsa seine Probleme erzählt und die gibt einem dann gute Tipps, da krieg ich ja auf der Stelle einen Lachkrampf, dass mich der Steward bis zur Landung in eine Zwangsjacke steckt. Die schluckt doch Psychopharmaka so wie ich Mokkabohnen, bei diesem Schiurlaub damals in Obertauern hat sie Valium gebraucht, damit sie überhaupt in die Gondel hat steigen können. Der Einzige, der nicht hinter ihrem Rücken Grimassen geschnitten hat, ist eigentlich der Anton gewesen, das fällt mir erst jetzt so richtig auf. Anton, der Gute. Um den mich alle beneiden. Na ja, wenn er der Mann von einer Freundin wäre, würde ich die wahrscheinlich auch beneiden. Passabel gehalten hat er sich ja, und im Restaurant hilft er mir noch immer in den Mantel, das ist wahrscheinlich keine schlechte Bilanz für fast zwanzig Jahre Ehe. Manchmal, wenn ich seinen Kopf so sehe, beim Fernsehen, dann würde ich am liebsten die Hand ausstrecken und ihn streicheln, wie früher, aber wenn ich mir vorstelle, wie er mich dann anschauen würde, so verblüfft-erstaunt-ratlos-erfreut-wasweißich, also dann lass ich's lieber bleiben. Vielleicht geht es dem Anton ja genauso, manchmal blickt er mich von der Seite verstohlen an, aber dann schaut er gleich wieder weg.

Und sie lehnte sich sanft gegen die Schulter neben ihr, die so vertraut nach Schuppenshampoo und Marlboro Lights roch, ein Arm zog sie an sich, nanu, jetzt ist es ja doch passiert, dachte Paola, sie drückte ihre Nase in die kratzige Wolle und seufzte ganz leise, um sich nur ja keine Blöße zu geben. So saßen sie da, auf dieser Bank im Prater, warm war es und es roch nach Kaffee, das Gesicht des Mannes über ihr war seltsam unscharf, wie auf einer gerahmten Fotografie, die zu lange auf einer Fensterbank in der Sonne gestanden hatte, aber Paola erkannte ihn auch mit geschlossenen Augen. Na du, sagte sie, und lehnte ihr Gesicht gegen Antons Lieblingspullover, der von winzigen Mottenbissen durchlöchert war, den Motten hatte sie mit zedernölgetränkten Holzkugeln den Garaus gemacht, na du, was sagst du jetzt, aber Anton zog plötzlich seinen Arm fort, statt auf Wolle lag ihre Wange nun auf kaltem Plastik. Paola öffnete die Augen und starrte benommen auf das Klappbrett vor sich, im Schlaf war sie von Polster und Decke abgerutscht, Jacke und Zeitschriften lagen auf dem Boden. Hinter dem Vorhang klirrte Besteck, der Duft von Kaffee breitete sich in der Kabine aus, eine Stewardess trug Kannen vorbei. Paola streckte sich und schnitt Grimassen gegen die Falten der Nacht, sie beugte sich zu dem Fensterchen vor, aber da waren nur Wolkenfetzen, die über Klippen tief drunten zogen.

Wenig später wurden dampfende Tücher verteilt, Paola presste ihres gegen Stirn und Nacken, dann wurde das Frühstück serviert, es gab warme Brötchen und heißen Tee und Obst, das in zierliche mundgerechte Scheiben geschnitten war. Fliegen ist noch immer wunderbar, stellte Paola kauend fest, sie fühlte sich so angenehm erfrischt, das belesene Mädchen stand gähnend und wartend vor einer der Klapptüren, am liebsten hätte sie ihm zugewinkt und nach dem dickleibigen Buch gefragt. Dann tauchten sie auch schon im Sinkflug in die Wolken ein, graues diffuses Morgenlicht erfüllte die Kabine, die Landschaft drunten kam näher wie ein grün-schlammbraun gesprenkeltes Schachbrett, Backsteinhäuschen säumten gewundene Straßen, die Häuser wurden höher und dichter, von Autokolonnen eingekesselt. Rechts in der Ferne können Sie Buckingham Palace erkennen, informierte der Captain, aber Paola saß auf der linken Seite. Nach der Landung hätte sie am liebsten applaudiert, wie bei einem Billigflug nach Las Palmas, nur um den Steward ein letztes Mal zu irritieren.

Heathrow erschien ihr so überwältigend wie immer, die Menschenströme, die einem so entschlossen entgegenkamen, als ob sich die Abflüge auf den Monitoren nicht im Sekundentakt ändern würden, die Aufkleber auf den Gepäckstücken, die von völlig unbekannten Orten erzählten, der Duft nach Pomade, der aus straff gedrehten Zöpfchen emporstieg. Vor einem der Gates waren Koffer zu einer mannshohen Pyramide getürmt, auf der Spitze der Pyramide saß ein Kind in einem bestickten Kaftan und blickte auf das Wogen ringsum herab, so würdevoll wie vom prächtigsten Kamel einer Karawane.

Paola wurde registriert und abgetastet, sie musste die Schnürsenkel lösen und stand in Strümpfen da, wurde weitergewinkt und hatte endlich alle Sperren und Kontrollen überwunden, in zwei Stunden sollte der Flug nach Wien weitergehen. Einmal schien es, als ob ein Gesicht ihr zulächeln würde, unwillkürlich nickte sie zurück, aber schon war der junge Mann auf dem Rollband wieder entschwunden, sie sah nur noch seinen Pferdeschwanz inmitten von Hinterköpfen.

Die Schalter für Flüge aufs europäische Festland waren um einen Platz gruppiert, der in einen glitzernden Duty-Free-Shop mündete. Kichernde Rucksacktouristinnen standen vor einem Glasregal und besprühten sich die Handgelenke mit Duftproben, ein junger Mann füllte gerade Becher mit einer wasserklaren Flüssigkeit. »Bombay Saphir, the world's most famous gin«, strahlte er Paola an.

Gin zum Frühstück, warum eigentlich nicht, dachte Paola, und sie ergriff die Kostprobe und nippte daran, dann kippte sie den Gin in einem Zug, der junge Mann nickte anerkennend. Ältere Frauen sollten die bewundernden Blicke der jüngeren Männer genießen, dachte Paola, so wird es uns doch immer empfohlen in den schicken Magazinen. Und sie stellte den Becher zurück und lächelte dankend und ging weiter, einen Atemzug lang war sie versucht, sich in den Hüften zu wiegen, nur die Budapester mit ihrer flachen Herrensohle zwangen ihr den gewohnt energischen Schritt auf, gottlob, zum Kokettsein hatte ihr Gang nie getaugt.

Auf der Toilette herrschte Geschäftigkeit wie in einem Boudoir, oder wie in einem Bordell, dachte Paola. Türen klappten auf und zu, Frauen frisierten sich kopfüber und kramten in Handtaschen und raschelnden Plastiktüten, fuhren prüfend die Linien ihres Gesichts vor dem Spiegel nach. Paola liebte diese Atmosphäre von Vertrautheit, als ob die Abwesenheit der Männer den Frauen zu einem völlig neuen, gelassenen Umgang mit ihren Körpern verhelfen würde, wenigstens ein paar Atemzüge lang. Auf dem Opernball hatte sie einmal einer berühmten Schauspielerin aus der Klemme geholfen, im wahrsten Wortsinn, deren Kleid nach dem Verzehr von einem Paar Sacherwürstel nur noch mit Sicherheitsnadeln vor dem Platzen bewahrt werden konnte. Die berühmte Schauspielerin hatte sich so vertrauensvoll an Paola gewandt wie ein Kind an seine Mutter, sie hatte alles preisgegeben, die feinen Schnitte hinter den Ohren, das Fleisch, das in die Korsage zurückgedrängt werden musste, die Traurigkeit unter dem Make-up mit Goldstaubpartikeln. Dann war die berühmte Schauspielerin wieder hinausgerauscht ins Gleißen der Blitzlichter und hatte posiert und in die Mikrofone gezirpt, später war sie im Pulk an Anton und Paola vorbeigekommen, ohne auch nur eine Augenbraue zum Gruß zu heben.

An diesem Abend hätte ich so gern einen Walzer mit dem Anton getanzt, oder es wenigstens einmal versucht, dachte Paola. Aber der ist nur stocksteif auf dem Parkett herumgestanden und hat Widerwillen aus jeder Pore geschwitzt, wir sind ja auch bloß da gewesen, weil dieser Kollege von ihm aus Seattle unbedingt ein einziges Mal auf den Opernball wollte, na, das war vielleicht romantisch. Sogar an das Granteln vom Anton auf dem Nachhauseweg im Taxi kann ich mich noch erinnern. Wer romantisch ist, der braucht einen Arzt, um frei nach unserem Herrn Bundeskanzler zu zitieren, meine Liebe. Ach, verpiss dich doch, Anton, dachte Paola, und sie drehte so energisch den Wasserhahn auf, dass die Frau neben ihr erschrocken zurückwich. Ich hab's noch nicht nötig, beim Sex auf so peinliche Nebenschauplätze auszuweichen wie die Elsa, die sich jeden zweiten Tag massieren lässt von diesem sü-ü-ßen Brasilianer, oder wie die Doris, die ständig irgendwelche Intimrasuren ausprobiert, du lieber Himmel!

Paola blickte die Spiegel entlang, Neonröhren warfen ihr gnadenloses Licht auf Falten und Poren. Ungepflegte Frauen bedingen ungalante Männer, wo habe ich das nur gelesen, dachte Paola, bei Stendhal oder in der »Cosmopolitan«? Sie starrte geradeaus in den Spiegel, aber statt ihr eigenes Antlitz wahrzunehmen, sah sie nur die Gesichter der Frauen, die in ihrem Rücken warteten wie Staffelläuferinnen, also raffte sie Kamm und Handtasche zusammen und zwängte sich nach draußen, mit feuchten Händen.

Vor dem Abflugschalter war bereits eine Gruppe von Passagieren versammelt, Männer ließen ihre Notebooks auf- und zuklappen, Frauen blätterten in Zeitschriften oder starrten durch die Glasscheiben hinaus aufs Rollfeld. Departures, arrivals, delay, please, take care of your luggage – Paola spürte, wie ihr die Eindrücke allmählich durcheinander purzelten. Nur endlich nach Hause kommen, dachte sie, die Tür aufsperren und dann diesen vertrauten Geruch in der Nase kitzeln fühlen, nach dem Salbei, der in der Küche zum Trocknen hängt, und nach den Zigaretten von Anton, und nach diesen grässlichen Raumluftverbesserern, die er wieder aufgestellt haben wird, weil er glaubt, dann merk ich nicht, wie viel er raucht. Vielleicht ist das ja genau das Geheimnis von diesen goldenen Hochzeitern, die immer im Bezirksblatt abgebildet sind. Dass man weiß, was einen erwartet, und damit basta.

Ein Mann saß ihr gegenüber auf einer kunstledernen schwarzen Bank, in einem Lodenmantel, Arroganz war ihm ins Gesicht gemeißelt wie eine Wunde. Typen wie dich kenne ich, dachte Paola. Spiegelglänzend geputzte Schuhe und dazu einen Scheitel wie mit dem Lineal gezogen, die Manieren immer untadelig und am kleinen Finger den Siegelring. Aber irgendwann tut sich der obligate Abgrund auf aus Kontoverflechtungen in Liechtenstein und abgezweigten EU-Subventionen, darüber wird dann zwei Wochen lang berichtet, und, schwupps, ist die ganze Geschichte auch schon wieder Schnee von gestern. Da lob ich mir den Anton mit seinen kleinkarierten Spesenabrechnungen auf Heller und Pfennig, der noch immer zu dem türkischen Friseur in unserem alten Viertel fährt und sich dort diesen unmöglichen Haarschnitt verpassen lässt und die Nasenhaare abfackeln, aus Nostalgie oder aus Trotz gegen meine Kommentare, keine Ahnung, aber eigentlich schaut er dann richtig interessant aus, wie ein misstrauischer Hirte, den es von seiner Insel im Mittelmeer in die Praterstraße verschlagen hat.

Endlich begann auch das Boarding für diesen Flug, Paola erhob sich mit schmerzendem Rücken und hielt einer Stewardess im roten Blazer das Ticket entgegen, ging durch einen schaukelnden Gang in die Maschine, 14 A, Fensterplatz, aber diesmal war der Nebensitz bereits von einer aufgeschlagenen Zeitung und zwei Hosenbeinen verborgen. Verzeihung, sagte Paola, und die Zeitung wurde gesenkt, ein Mann mit Brille stand auf und blickte mäßig freundlich drein und ließ es zu, dass sie sich an ihm vorbeizwängte. Auch recht, dachte Paola, wenigstens muss ich nicht plaudern und mir das obligate Gejammer anhören, wie viel besser doch früher das Essen an Bord war.

Sie stiegen auf und querten den Ärmelkanal, endlich hatten sie das Festland erreicht, Paola spürte, wie sich ihre Rückenmuskeln vor Erleichterung entkrampften. Wer weiß, wann ich das nächste Mal hinüberfliege, dachte sie. Wer weiß, ob ich überhaupt noch einmal rüberfliege, nur um die Gerlinde zu besuchen, die ausgerechnet in so ein Kaff am Hudson hat heiraten müssen, das ausschaut wie die Kulisse für einen Stephen-King-Halloween-Thriller, mit weißen Schindeln an jedem Kaninchenstall und diesen pseudoantiken Schaukelstühlen auf der Veranda. Also, mir reicht es, beim nächsten Mal ist die Gerlinde an der Reihe, auch wenn ihr ein Dutzend Kinder und das Haus und der Hund und der Mann und ihre tausend Verpflichtungen bei irgendwelchen wohltätigen Komitees wie ein Mühlstein um den Hals hängen. Wir werden einander sowieso immer fremder, dieses ewige Gut-drauf-Sein nervt einfach, bei einer Schulfreundin ganz besonders, als ob das Älterwerden eine einzige Tupperparty wäre. Als ob es nicht so unendlich viel Kraft kosten würde, jeden Morgen die Müdigkeit und die Schmerzen im Rücken und das Traurigsein wegzulächeln. Das Neue ständig freudig zu begrüßen. So wie diese scheußlichen silbergrauen Waggons, die seit Neuestem über die Ringstraße fahren statt der alten rot-weißroten Tramways. Dafür kann man sich jetzt stufenlos hineindrängen, hurra, was für ein Fortschritt, ganz besonders für Mütter mit Kinderwagen und andere Behinderte! Aber hätte man nicht auch weiterhin zupacken können, und Rollstühle gemeinsam in die Straßenbahn hieven, so wie früher?

Der Mann neben ihr blätterte raschelnd die Seiten seiner großformatigen Zeitung um, Paola bemerkte plötzlich, dass sie ganz zusammengekauert in ihrer Ecke saß, der Mann hatte wie selbstverständlich seinen Ellbogen auf der Lehne zwischen ihren Sitzen platziert. Soll ich jetzt den Kampf aufnehmen, dachte Paola. So Millimeter um Millimeter, oder ihn direkt zurechtweisen, damit er was zu erzählen hat, morgen im Büro. Yoga müsste man können, dachte Paola. Oder diese meditative Starre herbeiatmen, wie sie die Bettler am Stephansplatz praktizieren, wenn sie stundenlang in der Kälte knien und einem die Handflächen entgegenhalten, an denen man dann meistens vorbeigeht mit schlechtem Gewissen und so tut, als würde man sie gar nicht bemerken. Die Doris hat einmal eine Wurstsemmel gekauft, weil auf dem Pappkarton vor einem alten Mann gestanden ist, dass er Hunger hat. Aber der alte Mann hat ihr die Wurstsemmel nachgeworfen, seither spendet die Doris nur mehr mit Erlagschein.

Ein Wagen mit Getränken wurde durch den Gang zwischen den Sitzreihen geschoben, Paola bat um einen Orangensaft, der Mann neben ihr ließ sich einen Magenbitter auf Eis servieren. Sie flogen nun in strahlendem Sonnenlicht, die meisten Mitreisenden hatten die Jalousien herabgezogen, um sich gegen das blendende Licht zu schützen, aber Paola hielt ihr Gesicht dicht ans Fenster. Drunten lagen die Alpen, schneeweiß glitzernd, am liebsten wäre sie wie James Bond abgesprungen, um eine Spur zu ziehen, die sich verlieren würde zwischen den Gipfeln, die bis zum Horizont in den kitschig blauen Himmel stachen. Wie bin ich nur so ins Grübeln geraten, dachte sie. Das kommt davon, wenn man sich nicht mit einem Stapel Zeitschriften wappnet oder einem Krimi, aus dem man erst wieder auftaucht, wenn der Kapitän das Wetter in Wien durchgibt, Graupelschauer höchstwahrscheinlich, ich hätte mir wenigstens einen Schal in die Tasche packen sollen.

Der glitzernde Schnee ging über in Felswände und Geröll, Ortschaften lagen an Straßen, die sich durch braune Felder schlängelten. Das Flugzeug begann sich nach einer Seite zu neigen, die Flügel vibrierten, in einer weiten sanften Kurve sanken sie über den Neusiedlersee und die Donauauen auf die Stadt hinab. Paola kramte in ihrer Handtasche, sie klappte den kleinen goldfarbenen Spiegel auf und musterte ihr Gesicht, zupfte sich die Stirnfransen zurecht, dann trug sie feuchtigkeitsspendenden Balsam auf ihre Lippen auf. Nicht, dass der Anton je ein großer Küsser gewesen wäre, dachte Paola, amüsiert und ein klein wenig wehmütig zugleich. Aber erfordern nicht manche Situationen ganz bestimmte Handlungen von uns? Das Begrüßen zum Beispiel, noch dazu, wenn es vor aller Augen stattfindet. Erfreut winken und lächeln, sich umarmen oder wenigstens dezent berühren, die Befangenheit mit Geschäftigkeit rund ums Gepäck überspielen. So wird es sein, wenn er überhaupt auf mich wartet, eigentlich würde ja auch ein Anruf aus seinem Büro genügen, na, gut gelandet, wir sehen uns dann später, schön, dass du wieder da bist.

Die Maschine setzte mit einem heftigen Ruck auf, Fächer über den Köpfen sprangen auf, der Mann neben ihr nestelte an seinem Sicherheitsgurt. Früher haben sie nach der Landung immer den Donauwalzer gespielt, dachte Paola, aber dann schluckte sie so entschlossen, als ob sie Sodbrennen unterdrücken wollte. Ihre Füße in den Schnürschuhen fühlten sich fast taub an, ihre Hose war zerknittert. Der Mann vom Nebensitz nickte ihr überraschend zu, dann drängte er sich durch die Mitreisenden, ein paar schüttelten unwillig den Kopf. Vielleicht darf er ja seinen Anschlussflug nicht verpassen, dachte Paola, plötzlich besänftigt, nach Kasachstan oder sonstwohin, ich habe kein einziges Wort mit ihm gewechselt.

Der Flughafen war ihr so vertraut wie immer, der Geruch, die Gesichter, die Geschäfte mit den Zeitungsständern, die Polizisten, die mit Hunden durch die Gänge patrouillierten. Als sie durch ferne Länder getrampt war, hatte sie immer Sehnsucht nach dieser Stadt im Winter verspürt, nach dem Nebel, der dann über den Ständen am Naschmarkt hing, und den Maroni, die auf gusseisernen Öfen rösteten, bis sie fast schwarz verkohlt in Stanitzel aus gedrehtem Papier gefüllt wurden. Dabei bin ich gar kein Wintertyp, dachte Paola, das hat sich doch damals bei dieser Farbberatung herausgestellt, zu mir passen alle tulpengelben und dotterorangen Sommerfarben, das hat mir diese überkandidelte Beraterin jedenfalls einreden wollen, und ihre Lidschattenduos gleich dazu.

Wie ferngesteuert folgte sie dem Treck der Passagiere zur Ankunftshalle, wo auf den Förderbändern Koffer und verschnürte Kartons vorbeirumpelten, bis sie endlich ihre braunlederne Tasche entdeckte, die einem altmodischen Hebammenkoffer ähnelte, und auf einen Gepäckwagen zerrte. Sie reihte sich in das Gedränge vor der automatischen Tür ein, am besten mittendrin, dann entdeckt mich keiner, dachte sie, was bin ich doch für ein Feigling. Die Tür surrte auf und zu, es gab keinen anderen Ausweg mehr, sie schob ihr Wägelchen hinaus den lachenden, erwartungsvollen Gesichtern entgegen. Schilder mit eilig gekritzelten Namen wurden hochgehalten, Paare fielen sich um den Hals, Kinder liefen auf eine weißhaarige Frau zu.

Anton stand abseits, wie immer, als ob er nicht dazugehören wollte zu all den großen Gefühlen und den Blumensträußen, die erschöpften Ankömmlingen überreicht wurden. Aber ich sitz im Kino und im Konzert ja auch nur am Rand, dachte Paola, mittendrin ist mir einfach ein Schrecknis. Was für eine absurde Gemeinsamkeit. Sie ging zu ihm und war voller Neugier, welche Worte sie gleich sagen würde.